JN064256

漆黒のピラミッド

世界をめぐる十の短編

横村 出

知恵は宝石よりも尊く

あなたの望むなにものも、これとくらべるに足りない。

——ソロモン王の言葉

目次

ボストン
ニューヨーク
アメリカ
太平洋
大西洋

北極海
スバールバル群島
スピッツベルゲン島
ピラミデン
バレンツブルク
ロングイヤービエン
スウェーデン
ポーランド
リトアニア
トロムソ
ノルウェー
ロシア
オスロ
サンクトペテルブルク
ストックホルム
ベルリン
モスクワ
ドイツ
ワルシャワ
ウクライナ
チェチェン
パリ
フランス
アウシュビッツ
マリウポリ
カスピ海
黒海
マルセイユ
アフガニスタン
カブール
アルジェ
地中海
中国
上海
長崎
アルジェリア
パキスタン
イスラマバード
エジプト
香港
エルサレム
マリ
パレスチナ
イスラエル
コートジボワール
ガーナ
ウガンダ
南大西洋
インド洋
ヨハネスブルグ
南アフリカ
ケープタウン
喜望峰
南極海

北のスフィンクス

一九九五年七月の物語

ぼんやりした光源が、夏の川面を琥珀色にきらめかせている。昼には斜めからさす光に目を射抜かれるほどだったが、いまは東洋の紙を透かすようなうすさに変わった。

だが、太陽の位置だけはあい変わらず低いままだ。東から西へ、この石造りの都のスカイラインをなぞって、一日かけてゆっくり水平に移ろってゆく。

ロシアの北都、サンクトペテルブルクの白夜の季節だった。

わたしは、ネヴァ川の河畔に立っていた。遙か対岸に、朱色の煉瓦積みの監獄がそびえている。太陽の加減だろうか、ねっとりした濃い血糊の色に見える。

その監獄は、クレスティ（十字架）と呼ばれていた。

夜の十時をすぎて、ロベスピエール河岸通りの石畳を人々が行き交っている。この白夜の街では、あらゆる影は消されてしまう。一瞬で、すべてが蒸発しそうなほど淡かった。

今晩で、夜のないロシアの旅も終わりになる。明日のいまごろは、ベルリンのアパートの部屋に戻っているだろう。ふたたび、闇夜のある世界へ……。

ネヴァ川ぞいの石垣に腰をかけていた若い男と目があった。色あせたジーンズをはき、黒っぽい化繊のシャツを肘までまくっている。人なつこそうな笑みを浮かべた。

「あなた、もしや外国の方ですか？」

「ええ」

「ロシアじゃ、夜も濃いサングラスをかけるのは、顔を見られたくない人なんです」

「たとえば？」

「反体制派かな。それとも、ロシアマフィアとか」

そういって、ゆうゆうと走り抜けるメルセデスのリムジンをながめている。ヨーロッパへの窓として築かれたこの街には、亡びた国の利権にむらがる金で潤うものたちがいた。

「ふふ。いつから夜なのかわからなくて」

と軽く笑い、わたしはサングラスをはずした。

「ドイツ、それともスイスから？」

「ドイツよ。あなた、ドイツ語を話せるの？」

「少しだけなら。でも、あなたのロシア語のほうが上手ですね」

その若者は、ユーリイと名乗った。

わたしは、ヒルデ・ベルンシュタイン。東ドイツのフンボルト大学で歴史学を教えていたが、六年前にベルリンの壁が取り払われてすぐ、定年を待たずに辞めた。

いまは自由な無名の詩人である。詩は、わけあって幼いころから書いていた。

ユーリイに話しかけた。

「ひとつ聞いてもいいかしら。なぜこの場所に、ロベスピエールの名前がついているの？」

ロベスピエールは十八世紀フランスの過激な革命家だった。考え方の違う人をつぎつぎにギロチン台に送った。ユーリイは、道の向こうの灰色の建物へあごをしゃくった。

「あの陰気なビル、なんに見えます？　むかしのＫＧＢ（カーゲーベー）[1]ですよ。レーニン[2]がこの街で革命をはじめたのはごぞんじでしょう。老いぼれ爺さんの恐怖政治は、ロベスピエール流だったんです」

レーニンは、皇帝一家を銃殺させ、ソビエト連邦と呼ばれる新しいロシアを創った。そのレーニンを、ユーリイは〝ジャージャ（爺さん）〟といって鼻で笑った。

この国でレーニンの銅像が引き倒されたのは、つい数年前だ。若者はみな、ソ連にまつわるあらゆる記憶に唾していた。わたしは興味をそそられた。

「ここにロベスピエールの名がついたのは、最近じゃなかったの。ロシア革命の歴史を皮肉ったわけではなさそうね」

「とんでもない。ソビエトじゃ、ロベスピエールは英雄ですよ。ぼくには、テロリストの元祖としか思えませんが」

「そう……」

ユーリイの表情が曇った。

「なぜ、ここにいるんです？　外国から観光にくるところじゃない。地元だって、特別な記憶をもつ人だけが訪れるってこと、あなた知っていますか？」

わたしは、ふっと記憶の闇に誘われそうになった。

夜のないこの街の琥珀色の光のおかげで、もう少しで色あせて消えそうに錯覚していた遠い記憶に。白夜が人を狂わせると書いたのは、ゴーゴリ［3］だったかしら、と思った。

ネヴァ川の向こう岸に見えるクレスティ監獄こそが、レーニンからスターリン［4］へとつづいたソ連の恐怖政治の象徴であった。

クレスティというのは、その恐怖の要塞が、真上から見ると十字の形をしているからだ。宗教を敵とするイデオロギーには、うってつけの建築である。聖職者だけでなく、ロシア貴族、知識人のインテリゲンチア、芸術家が獄につながれた。

ユーリイは、石垣からぽんと飛びおりて握手を求めた。

「わたしは、ヒルデよ」

といって、右手をそっとさし出した。ユーリイの指は意外にも繊細に感じられた。左手にもっていた古い革表紙の詩集に、ユーリイが目をとめた。

「外国人なら、作家さんかと思ったんです。その本は?」

「あ、これね。アフマートワの詩集よ」

ようやく、ユーリイが得心の表情を浮かべた。

「あなたは、それで」

「その、〝あなた〟っていうのはよして。ヒルデと呼んでくれる?」

ロシア語ではよそよそしい二人称の「ヴィ(あなた)」を使って、ユーリイがずっと話しかけるからだった。

「気にしないで。母ぐらいの年配に思えたものですから。あっ、失礼でしたか」

「いいのよ。お母さまは元気なの?」

「亡くなりました」

「それは、お気の毒に……」

「母も、アフマートワが好きでした。詩集をポケットに入れ、ここを散歩するのが日課で。母がいなくなってから、ときどきくるんですよ。今日みたいな、静かな白夜のときに」

アンナ・アフマートワ[5]。二十世紀初めのパリで画家モディリアーニに描かれるほど、魅力的な詩人である。その詩は、生きる苦悩と絶望をつづった文字の連なりだった。

この街が、レーニンの都、つまりレニングラードと呼ばれたソ連の時代だ。彼女の夫は反革命罪で銃殺され、ひとり息子はクレスティに収監、やがて貨車でシベリアへ送られた。レーニンのあとを継いだ独裁者スターリンの粛清(しゅくせい)であった。

アフマートワは、毎日のように河岸に立ちすくんで愛する息子の無事を祈り、詩を紡ぎつづけた。わたしは、彼女の詩の一節をつぶやいた。

あの時代……。
死人だけが安心したようにほほ笑み
レニングラードの牢獄では
苦しみもだえる受刑者が群れをなし
汽笛が、別れの歌だった時代[6]

「レクイエム、ですね。その詩を公にするのは禁じられていたんです。ぼくの母は、ひそかに印刷された詩集をずっと大切に隠しもっていました」

「そうやって、歴史の犠牲者をこっそり悼むための聖地が、ここなのでしょう？」

「ええ。あなたも、だれかを悼むために？」

「いいえ。わたしはあの牢獄には縁がないけれど、アフマートワにゆかりの場所にきてみたかったのよ。でもね、子どものころ……」

ネヴァ川をクルーズする遊覧船が、エンジン音を響かせてエルミタージュ宮殿のほうへくだってゆく。わたしの言葉はかき消されていた。

ユーリイは、河岸に置かれたモニュメントを指さした。子牛ぐらいのスフィンクスのブロンズ像が一対、向かいあっている。ちょうど対岸にある監獄の正面にすえられている。

「これ、どう思います？」

「どうって？」

「不思議な感じがしませんか」

「ええ、変わっているわね。どうしてこんなところに、スフィンクスを置いたのかしら」

ユーリイはけげんな顔つきをした。

「よく見ましたか？」

わたしはもう一度、しげしげとその像を見あげた。

スフィンクスはライオンの体と人間の頭をもつ。その像は、もの悲しそうな面長の女性の横顔である。胴体にはあばら骨が浮いているにもかかわらず、ふたつの乳房を誇らしげに突き出し、前足をしっかり張って堅固な意思を表している。

「うしろにまわってください」

いわれるまま、像の裏側から見た。すると、スフィンクスの頭部の半面が、髑髏（どくろ）であった。落ちくぼんだ眼窩（がんか）から、監獄をじっとにらんでいる。

「ふーん、ただのスフィンクスじゃないわね」

ロシアの前衛彫刻家が手がけた作品で、ここに設置されて間もない。ちょっとした謎解きの気分になった。ヒントは、ユーリイのなにげないひとことだった。

「ペテルブルクには、スフィンクスが三つあります。むかしから、その像の近くで異常な事件が起きたと伝わっていますが」

三つのうち、よく知られたスフィンクスは、ネヴァ川の向こう岸のワシリー島にある。十九世紀の初めにエジプトで発掘され、皇帝ニコライ一世[7]の命令でこの都に運ばれた。三千五百年前のファラオの美しい顔をした像であった。

もうひとつは、フォンタンカ運河にかかるエジプト橋の四隅に置かれている。もっとも新しいものが、いま目の前にしている怪物キメラのごときスフィンクスだった。

「スフィンクスは、人間や精霊に魔法をかけるのよ。悪いことが起きると、スフィンクスのせいにしたのでしょう。エジプトでは、その魔力で王の墓を守っているのね」

「この街でも、皇帝の守護神というわけですね。だから、はるばるワシリー島まで。あそこはペテルブルクの発祥（はっしょう）の地ですから」

ユーリイは感心している。わたしは古代史の話をした。

「このスフィンクスはちょっと違うわ。ギリシャ神話をモチーフにしているはずよ」

「というと？」

「古代ギリシャに美しい女性のスフィンクスがいたの。ライオンの体には乳房があって、羽が生えていた。すぐれた知性をもち、謎かけが大好きだった。謎に答えられない人間を食べていたそうよ。あるとき王が謎を解き、それから死を見守る神になったとか」

「その伝説とこの街の歴史が、どう関わるんでしょう？」

「そうね、考えさせてちょうだい。答えがわかりそうな気がするけれど」

「こいつに食べられる前に、お願いします」

そういって、ユーリイはいたずらっぽく笑った。

琥珀色の夜空が青みをおびている。これが、人を狂わせる白夜の色であろうか。

わたしたちは、川ぞいに宮殿橋のほうへ石畳の道を歩いた。ヒールの刻む硬い音だけが、時計の歯車の爪が鳴るように規則的に響く。夜は消えても、時間がとまっていないと気づく。

ユーリイは、もう少しつづきを聞きたそうだった。

「よかったら、むかしの曲を聞かせるジャズバーに行きませんか」

「こんなに明るいうちから？」

「はっは。ぼくの仲間たちが演奏する店でしてね。ぼくの恋人もそこで働いています」

「いいわ、行きましょう。まだ謎も解けていないし。わたし、明日には帰るのよ」

「それなら、ぜひ。宿泊しているのはこの近くですね？」

「ええ、アストリアホテルよ」

「よかった、そのホテルならこちら側の岸ですから。あの跳ね橋が見えるでしょう。これから朝までは、向こう岸へ渡れなくなります」

　ネフスキー大通りとワシリー島を結ぶ宮殿橋が、ゆっくりあがってゆく。その下流のブラゴヴェシチェンスキー橋は、もうすっかり跳ねていた。夏の深夜一時になると、ネヴァ川にかかる橋がつぎつぎに開いて、大型船が往来した。

　緑色のエルミタージュ宮殿のあたりに立つと、対岸のワシリー島に建つ大学の校舎が影絵のように浮かんで見える。その先のブラゴヴェシチェンスキー橋のたもとには、エジプトのスフィンクスが白い照明を浴びて鎮座している。

「ぼくは、あの大学を卒業したんです。けれども、仕事がまったくなくて。こっそり覚えたジャズの演奏でなんとか暮らしています。父が、がっかりしましてね」

「わたしは東ドイツの大学で教えていたから、レニングラード大の先生ともずいぶん交流したわ。でも、ソビエトが崩壊してなにもかも変わってしまった」

「いまでは、学歴なんて意味もありません。目はしのきくやつらが大もうけできる。人脈と賄賂(わいろ)がものをいう世の中で、まじめにやっていては損をするばかりです」

「そうね、どこも同じじよ」

　歴史あるペテルブルクは、すっかり荒れすさんでいた。

　かつての豪華な宮殿や寺院は、あっという間にみすぼらしくなった。建物だけでなく道路や橋の補修もままならず、どこもかしこも傷んで見える。あぶく銭を手にする成金だけが、ネオンで飾った不釣りあいなビルを建てている。

わたしはむしろ、このまま滅び去ってほしいと思った。

ネヴァという川の名が示すように、かつては人も住まない沼地にすぎなかった。そこを埋め立てて、ピョートル大帝が三百年前に都を築いた。この石畳の下には、大工事の犠牲になった無数の人柱が土砂と一緒に埋まっている。

しょせんこの街が蜃気楼（しんきろう）なら、砂漠になればよい。北極からよせる冬の嵐で、凍ってくだけて砂になってしまえ。人々の記憶の墓場となる街を、スフィンクスが見守るのだ。

わたしたちは、ピョートル大帝の騎馬像のあるデカブリスト広場を横切って、黄色い壁のいかめしい建物の側道へ入った。うす暗い石畳を、赤い街灯がぼんやり照らしていた。

「さあ、ここです」

そういって、建物の階段をとんとんと地下へおりてゆく。まさか、こんな所とは想像していなかった。そこは、セナト・バーというジャズクラブだった。

地階は、アーチ型の天井まで石積みで造られている。わたしは、ルクソールの王家の谷にある石室を思い浮かべた。ホールの扉を開けると、スウィングジャズの音色で満ちている。

「まるで隠れ家のようね」

「そのとおり。ここは、ロシア帝国時代の元老院なんです。デカブリストの乱が起きたときには、元老たちが地下の迷路を逃げまどったそうです」

「それを鎮圧したのは、ニコライ一世だったわね」

「そう、エジプトからスフィンクスを運ばせた皇帝ですよ」

デカブリストの乱は、青年貴族が一八二五年に起こしたクーデターだ。ニコライ一世の戴冠(たいかん)を認めず、騎馬像の広場で決起した。わずか一日で制圧されたものの、専制政治の足もとでくすぶる狼煙(のろし)になった。

「やはり、この街の歴史とスフィンクスは大いに関係あるわね」

「まだ謎は解けませんか?」

バンドが軽やかな曲を演奏している。クラリネットとトランペットが響き、ピアノが奏でられた。グレン・ミラーの印象的な〝真珠の首飾り〟だ。気分まで華やいだ。

メンバーは十人ほどで、六、七十代の男性ばかりである。ソ連も東ドイツも同じだが、ある時代までアメリカの音楽は禁じられていた。この世代が、アメリカの軍楽隊のようなグレン・ミラーを演奏するなどありえないはずだ。

「ずいぶん懐かしいジャズね?」

「レニングラード・ディキシーランド・ジャズバンドっていうグループです。あの人たちは反体制の闘士ですよ。KGBの監視の目をかいくぐって演奏していたんです。この地下へ逃げこんだのは、元老だけじゃなかった」

ブギのビートが刻まれると、ユーリイは指でリズムを取っている。

「あなたも、ここで演奏を?」

「ええ。ぼくが学生のときは、まだアンドロポフ書記長の時代ですから。そりゃ、風紀の取り締まりが厳しかったですよ。ヒルデ、ひとつ聞いてもいい？」

ユーリイはようやく、わたしの名で呼びかけた。ロシア人は、ほかのヨーロッパ人と違って心を許すまでの間がある。これで、おたがい気さくに話せるとほっとした。

「なにかしら」

「東ドイツでは、反体制派でしたか？」

ひとことで簡単にいえなかった。

「どうだったか……」

「スフィンクスの前で出会ったから、そんなふうに思っただけです。このバーにお連れしたのが不愉快でなければ、それでいい」

「とっても楽しいわ。旅の最後の日に、思わぬプレゼントよ」

ユーリイはほっとした。ジャズバンドのステージの上で、軽快なリズムにあわせて三人の踊り子がステップを踏んでいる。ユーリイが指笛を鳴らした。

「ベラ！」

大きな声で呼びかけ、テーブルへ手招きした。その娘が、ユーリイの恋人だった。まるでアフリカの白いソープストーンを彫刻したトルソに見えた。

わたしは思わず息をのんだ。ユーリイが得意そうに恋人を紹介した。

「こちらはベラ。マリインスキー劇場のプリマです」

「ユーラ、冗談はやめてよ」

ベラが、ユーリイを愛称で呼んだ。その声には、どこか鼻にかかったアクセントがある。カチューシャをはずすと、プラチナ色の髪がふわりと肩まで落ちた。

「ヒルデよ。ドイツからきたの。よろしくね」

「まあ、ドイツですって。わたしはリトアニアです」

「バレエを？」

「はい。ワガノワ・アカデミーの研修生です。マリインスキーのプリマなんて、まだまだ遠い先の夢ですけれど」

「夢があるなんて、すてきね」

ため息がもれた。

ベラは十七歳になる。リトアニアは四年前、市民の流血の抵抗によってソ連から独立した国だった。第二次世界大戦では、ソ連とナチスドイツの軍靴で踏みにじられた。いまでは、バルト海をのぞむ東欧の平和な国になっている。

ユーリイとは、このジャズクラブで知りあっていた。ベラは生活費を稼ぐため、ここで踊り子の仕事をしている。

「リトアニアのどちらから？」

「カウナスです」

ユーリイが口をはさんだ。

「彼女はフランス国籍なんですよ」

「というと、フランス生まれなの?」

「ええ。戦争のせいで祖父母がパリへ移りました。六年前にようやく、家族みんなで故郷のカウナスへ戻ったんです」

「ちょうど、ベルリンの壁が崩れたころね」

不思議な気分だった。ドイツ、ロシア、そしてリトアニア。踏みにじった国と踏みにじられた国の三人が、偶然にもひとつのテーブルを囲んでいる。歴史の糸が紡ぐ縁で敵にもなり、友にもなる。わたしたちは、ひとつづきのヨーロッパ人……。

ホールには人があふれるほど入っている。短い夏を惜しんで、だれもが軽快にスウィングしていた。ユーリイが、バルチカというラベルのビールを三本頼んだ。

「乾杯しませんか」

「だれに乾杯を捧げるの? デカブリストかしら? それとも」

「ヨーロッパに!」

と、ベラがいった。

「いいわね。ヨーロッパ人に乾杯!」

茶色い小瓶を軽く打ちあわせ、わたしたちは笑った。

ユーリイはベラに、わたしとネヴァ川の岸辺で出会ったいきさつを話した。そして、ふっと思い出した。

「ところで、スフィンクスの謎は解けましたか?」

ベラは興味深そうに顔を傾けている。

わたしには、まだこれといった答えはなかった。でも、このジャズクラブに腰を落ち着けるまでの小一時間のうちに、明らかに直感は深まった。

「そうね」

口をつけたビールをテーブルに置いた。演奏がスローな曲に変わってホールが静まった。

「あの十字架監獄のクレスティが、ピラミッドと想像してみたらどうかしら? スフィンクスは、悪の歴史を封じこめようとしているんだわ」

「クレスティは、墓なのですか?」

「そう、冷酷な独裁者の悪の記憶よ。形あるものは消滅するけれど、記憶までなくしてはいけない。スフィンクスは知恵の化身だから、理性の勝利をあそこに刻もうとしている」

「独裁の犠牲になった魂を守っている?」

「そんなところかしら。もし、ロシアの圧政がまたくり返されるなら、あのスフィンクスを撤去しようとするでしょう。それとも、クレスティそのものを消すわね」

ユーリイはうなずいている。

ベラが唐突に、

「アウシュビッツは……」

といいかけて、口をつぐんだ。

ジャズバンドは、〝スターダスト〟のメロディーを奏でている。すっと立ちあがったユーリイが、わたしの手を取った。

「踊りませんか?」

「わたしはダンスなんて」

ベラはステージに戻った。トランペットを片手にした初老のバンドマスターが、ベラの腰に手をまわして揺れている。すり切れたアフガン絨毯(じゅうたん)が敷かれた舞台で、ユーリイは上手にリードした。手のひらに汗がにじんで、わたしは気が気でなかった。

「ありがとう、ユーラ。とても楽しかったわ」

「ええ、ぼくも。スフィンクスの謎を解いてもらって、命びろいしましたよ」

顔を見あわせて笑った。表へ出ると、琥珀色の空から青みがすっかり消えていた。

「白夜といっても、かすかな闇を感じる瞬間があります」

「その時間が人を狂わせるとも、霊感を与えるともいわれるのね」

「ぼくらには、理性のほうでしたね」

「ええ、よかったわ」

ベラも、お別れをいった。

「わたしの言葉、気にしていませんか?」

「アウシュビッツかしら。大丈夫よ」

「ならよかった。明日の飛行機に乗るまで余裕があれば、見せたいところがあるの。詩人のアフマートワがお好きでしょう。ツァールスコエ・セローへ行きませんか?」

と、名残惜しそうにいった。

わたしも、ベラともう少し話してみたい気分だった。

「いいわ」

ツァールスコエ・セロー。かつて、貴族の夏の別邸が並んでいた優雅な街である。そこで幼少期をすごしたアフマートワは、「わたしの薔薇色の少女時代は失われ」と回想した。プルコボ国際空港からさほど遠くなかった。

彼女の詩作の頂点がクレスティとすれば、そこは孤独な詩作の原点だった。

翌朝も、水彩をたっぷりつけて筆で描いたような白い雲が青空に浮かんでいた。湿度の高いペテルブルクも、白夜の季節だけはからりとした空気になる。

まっ赤な小型車のジグリワゴンが、アストリアホテルの前で待っていた。ユーリイが運転席からおりた。助手席にはベラが座っている。スーツケースを車の荷台に放りこむと、ユーリイはうしろのドアを開けて、

「おはよう、ヒルデ。どうぞ乗って」

といった。

巨大なイサク聖堂の広場をまわって、車は南へ向かった。やがて灰色のビル群が消え、木造の民家がまばらに見えた。白樺の葉が風に吹かれて波打っている。かすかに森の湿った匂いがする田舎道を走り抜けた。

ベラが、うしろのシートをふり返って話しかけた。

「ぐっすり眠りましたか？」

「まあまあね」

「わたしは、白夜に慣れるまで眠られなかったわ。窓にうすいカーテンしかないでしょう？ペテルブルクの人は、夜中でも夏の光を浴びたいのよ」

「わかるような気がする」

三十分ほどで、ツァールスコエ・セローに着いた。この村にあるエカテリーナ宮殿の駐車場に車をとめた。ここは皇帝一家の夏の離宮で、エルミタージュが冬の宮殿だった。

水色に塗られたロココ式の壮麗な建物は、どこか寒々しい印象を受ける。幾何学的に区画されたフランス庭園が、冷たさを引き立てていた。わたしは、ベラと並んで庭を歩いた。片隅のティーハウスのベンチに腰をかけた。ユーリイは煙草をくゆらせている。

「ベラ、あなたはなぜバレエを？」

ベラは、ゆっくり正確に話そうとした。

「祖母がめざしていたの。でも、国立オペラの本科に進んだころ、ソビエトとナチスに攻められた。祖母は家を追われ、ゲットーへ追いやられて……」

わたしは、そこではっとした。

「もしかして、おばあさまの一家はユダヤ人？」

「そうよ」

ベラはきっぱりと答えた。

「祖母は、カウナスにあった日本領事館に駆けこんでビザを手に入れたそうよ。シベリア鉄道を経由して極東へ、船で太平洋を渡ってロサンゼルスへ逃れたの」

ため息がもれた。わたし自身の過去に思いをはせていた。

「それから？」

「ようやく戦争が終わっても、リトアニアには戻らなかった。祖母はパリへ行ったの。踊りのできる年齢はとうにすぎていた。あの戦争のせいで」

「その話を聞かされて育ったのね。だから、おばあさまのためにバレエを？」

「それだけじゃないわ。リトアニアのバレエをよみがえらせるの」

ベラは、少しうつむいていった。

わたしも、話さなければならない。忘れられるものならと思って、この白夜の街へ逃げてきたのに。淡い琥珀色の光を浴びても、刻まれた記憶までは色あせなかった。

わたしは、ツァールスコエ・セローの流れ雲を見あげた。

「気づいていたでしょう。わたしもユダヤ人よ。両親を収容所のガス室で亡くしたの。ソビエト軍の解放が遅かったら生きていなかった」

「………」

「でも、わたし、それがつらかったの。一緒に死んだほうが……」

「ヒルデは大学の先生になったじゃないの」

「なんとか再起できたのよ。貧しくても、平等に学んで救われたの。たとえそれがイデオロギー教育だったとしてもね。でも夜の闇だけは、とても怖い」

「それで、夜のないこの街に旅を？」

「ええ」

「あなたを守ってくれたベルリンの壁も崩れてしまった。いま、迷っているでしょう？」

「よくわかるわね。壁が消えて自由になって、わたしは混乱している」

ライラックの白い花が咲く枝先で、エナガが鋭く鳴いた。ベラが立ちあがって、わたしの手を握った。

「ヒルデ、あなたに見せたいものがある。さあ、宮殿に入りましょう」

この宮殿は、ナチスが九百日もの間、レニングラードを包囲したときに破壊された。かつての栄華は見る影もなく失われ、ソ連によってある程度は修理されてきた。

入口の石組みのファサードごしにながめると、青塗りの壁には剝落が目立ち、ギリシャ様式の柱頭は傷んで見える。細々とした修復も、財政難で中断していた。

うす暗い大理石の長い階段をあがって、ようやく階上にたどり着いた。

ベラは長い足で飛ぶように先を急いだ。ユーリイは煙草をもみ消し、あわてててついてゆく。天井まで優美なロココ装飾の小部屋をいくつも通り抜け、大広間へ入った。

高い位置にある窓から、まばゆい光がさした。かつて壁を飾っていた金の彫刻は削られ、わずかにその痕跡（こんせき）をとどめている。汚れてくすんだ天井画は、なんとか判別できた。

「舞踏会が開かれた部屋よ。あの立派な鏡の前に女帝エカテリーナの玉座があって、こちら側のホールから拝謁したの」

椅子や調度もないがらんどうのホールを、ベラは軽やかに歩いている。ここでは小柄なベラがひとまわりも大きく見えるのが不思議だ。まるで舞台に立つ踊り子である。

二面の大鏡の前で、ベラが靴を脱いでつまさき立ちになった。頭から芯を通すかの姿勢をとっている。右側の軸に左足を巻きつけ、片手を高くあげてすべるようにまわった。それからごく自然に、いくつかのバレエの型を演じた。

わたしたち三人のほかには、観光客を監視する高齢の女性がひとりいるだけだ。老眼鏡のつるを少しさげてじろりと見た。わたしはどぎまぎした。ドイツなら注意されるだろう。

だが、その女性はほおをゆるめて、

「マラディエッツ（お上手）！」

と、よく通る声でいった。

なんておおらかなロシア人だろう。規則ではなく、心で芸術を理解する人たち。ベラの顔はうっすら紅潮している。ユーリイは手をたたいた。

わたしには、昨夜初めてベラに会ったときの感覚がよみがえっていた。

「すてきね」

と、つぶやいた。

「つぎの部屋へ行きましょう。ヒルデに見せたいの」

ベラはプリマのように、目線をあげ胸を張って先を急いでゆく。ユーリイは事情がのみこめないらしく、ドンファンさながらにあとを追った。

わたしは、この荒れ果てた不思議な宮殿のなかで、魔法にかけられた気分になった。

そこは、ひとつ奥まったところにあるこぢんまりした部屋だった。かつて壁に塗られた漆喰（しっくい）の下地まで、乱暴にはがされた異様な跡がくっきり残されている。

「これが、琥珀の間よ」

ベラがいった。

ところが、その部屋のどこにも琥珀は見あたらないようだ。

「ナチスがすべて略奪していったの」

レニングラードの包囲がはじまった一九四一年、ナチスはまっ先に宮殿の美術品に襲いかかった。数十万個の琥珀で飾られた部屋が、ナチスには垂涎（すいぜん）ものだったに違いない。精巧なモザイクを壁ごと解体してもち去り、その行方はいまだにわからない。

この宮殿のなかには、衣装をはぎ取られ、財産を奪われた貴婦人がずっとうずくまっている。わたしは、むき出しになった壁をやさしくなでた。ナチスの下卑（げび）た男たちの手で乱暴に触られたのであろう、その肌を。

奥まった暗がりに、男の黒い影がうごめいている。その影も壁をいとおしんでいた。画家のように汚れたスモックを着て、ほつれた銀髪を肩まで伸ばしている。わたしに気づくと、こちらをふり向いた。ほおのこけた中世の修道僧の容貌だった。

わたしに向かって、唐突にいった。

「ドイツ人とお見受けします。見学ですか？」

「はい。あなたは？」

「わたしは琥珀の修復士です。まだ一部しか手がついていませんが、ドイツの財政支出のおかげで、なんとかこうしてつづけられるのですよ」

ユーリイは不満そうだ。

「ドイツのおかげってのは、ないでしょう」

「そうともいえますが。ロシアも、まわりの国から略奪したじゃありませんか？」

その修復士は、おもむろに漆喰をコテに取って、壁の下地をならしはじめた。よく見ると、男のいるあたりの壁の一角だけに、黄金色の琥珀が丁寧に貼られている。ひとつずつ、なるべく原型を削らずに、微妙に違う色を組みあわせてある。

それは、気の遠くなる作業に違いない。わたしは聞いた。

「この部屋を修復するだけの琥珀はあるの？」

男が手を休めた。

「数十万となれば、それだけの数がそろうかどうか。そのうえ予算が足りない」

「この琥珀はどこから？」

「バルト海の沿岸です。ロシアではもうほとんど採取できません。リトアニアや、カリーニングラード産が多いかな。これを見てください」

といって、ひと粒の琥珀をつまみあげた。

わたしたち三人とも、修復士の指先にはさまれた石に目をこらした。窓からさす光にすかして見ると、澄んだ飴色のなかに黒っぽいものが封じこめられている。

「これは、昆虫ですね？」

「そのとおり。数千万年前のカゲロウです」

「新生代ね。まだヒトは出現していないし、ようやくヨーロッパアルプスが形づくられていたころの生物ってわけね」

その琥珀を手渡され、わたしはカゲロウの姿をしげしげと観察した。

触角を縮めて足をつっぱっている。葉脈がくっきり浮いた羽を広げ、飛ぼうとしているふうに見える。ベラは目を丸くした。

「樹液にからめ取られたのね」

修復士がいった。

「そう。そのまま閉じこめられ、長い間に樹脂が化学変化を起こしたのです」

「カゲロウの眼には、どんな景色が映っていたのかしら？」

その修復士は、ちょっと困った顔をしている。

わたしは想像をめぐらせた。古代ギリシャのころから、琥珀は宝石として珍重された。ギリシャでは太陽の光が固まったと信じられ、祭祀（さいし）の神具を琥珀で飾っていた。

「この石のなかには、光も閉じこめられているわ。もしもカゲロウに記憶が残っているとして、どんな時代を覚えているのかしら？」

ベラも空想している。

「記憶を封じこめるって、どこか不思議だわ」

その琥珀をそっと握ってみた。なめらかな手触りでぬくもりが感じられる。ベラのいう〝封じられた記憶〟から、わたしも奇妙な感覚にとらわれたようだ。

ふたたび、詩人のアフマートワに思いをはせていた。

彼女は、スターリンの弾圧のさなか、詩を文字にせずに暗誦（あんしょう）していた。人の記憶まで、禁止はできないからだ。スターリンの死後に、その記憶を紡いで詩集『レクイエム』を書いた。その序文に、とても印象的な思い出を書き残している。

反革命の罪で捕らわれた息子の安否を確かめようと、クレスティ監獄に十七カ月も通っていたときのできごとだ。アフマートワと同様に、固く閉ざされた監獄を見守る人の群れのなかでも、ひどく青ざめた唇の女性がいた。こう尋ねられたという。

「これを、あなたは、詩にできますか？」

アフマートワは答えた。

「できます」〔8〕と――

わたしたちは、記憶をしっかり抱えたまま、その時代の光と一緒に閉じこめられた昆虫のような存在ではないか。それが、わたしの心に浮かんだ感覚の正体だった。

初めこそ濁りのなかにいるようでも、やがて記憶の不純物が取りのぞかれて精製される。そして、きわめて個人的な営みである歴史が、普遍性という光を手に入れる。

わたしは、少しずつ修復される琥珀の間の未来を思い浮かべた。

戦争の記憶が、新たな琥珀のひと粒ずつに封じられてゆく。過酷な時代を生きるわたしたちひとりひとりに、大切な記憶として残されるために……。

かつての華麗さを取り戻せるなら、多くの人が感嘆の声をあげるだろう。けれども、わたしは、略奪されたままの最後の姿を見届けられてよかった。

このまま、わたしも時代の風のなかに立とうと思えたからだ。たとえ突風であっても、そよ風であっても、その場にしっかりとどまって記憶する営みをつづけよう。

「ベラ、ありがとう！」

そういうと、ベラは鳩のように小首をかしげた。

「楽しんでもらえたかしら？」

「あなたが、大切な言葉に気づかせてくれたわ」

「言葉？」

「わたし、なにも迷わない。過去を忘れる必要なんてないのよ」

ベラはふっと、天使のほほ笑みを浮かべた。

「記憶は、いつか光になるわ」

青い目の少女

二〇〇二年三月の物語

国連のチャーター機はなかなか飛ばなかった。

ぼくは、イスラマバードのホテルでじりじりしていた。アフガニスタン行きのために、もう二週間も待っている。

アフガニスタンでは戦争〔9〕がつづいていた。ここパキスタンから陸路で入るのは危険すぎる。空路も安全ではないが、多国籍軍の車両に乗せてもらうよりはましに思えた。

ストックホルムの新聞の編集長からは、「渾身(こんしん)の一枚を早く撮ってこい」と催促されていた。いくら安ホテルとはいえ、宿代の新聞社もちは一カ月まで、と宣告されたばかりだ。

三月になって蒸し暑い日がつづいている。インド洋から吹く季節風が、この内陸の街までじっとり湿った空気を運んでいた。

朝早く、道ばたに椅子をひとつ置いただけの露天の床屋でひげを剃ってもらっていたら、急にどしゃぶりの雨になった。顔に塗った石けんの泡がすっかり洗い流されてしまった。

床屋のおやじは、にこにこ笑っている。

「旦那、さっぱりしたかい?」

「ああ、そうだね」

なま温かいスコールを頭から浴びて、ほんとうに心地よかった。その雨粒には、懐かしい海の匂いが混じっていた。見あげると、天まで昇られそうな長い虹がかかっていた。

時間をもてあまして、ハッセルブラッドのカメラの手入ればかりしている。報道写真家の仲間で、この6×6判の一眼レフを使うものはめったにいない。戦場に入るなら、頑丈で扱いやすい日本製のニコンかキヤノンだろう。

「戦場で、芸術作品を撮るつもりか?」

と仲間にからかわれても、このカメラには思い入れがある。

フリーランスのぼくが、スウェーデンでも指折りの新聞〝ダーゲンス・ニヘテル〟と契約できたのも、このカメラで撮った一枚の写真のおかげだった——

あれは、ウガンダで象牙の密猟を取材したときだ。

牙を二本とも抜かれ、夕暮れの草原に立つ瀕死(ひんし)の象を見つけた。牙の根もとの皮膚は裂けて、白い頭骨がのぞいていた。象が、金色の光のシルエットになって、崩れ落ちる瞬間にシャッターを切った。

その写真が思いのほか評価されたわけは、黒い影のなかに小さく瞬く一点の眼光をとらえていたからだ。ひと粒の涙のようであり、失われゆく地球の生命体から、宇宙へ発せられる最期の信号のようでもあった。

「悲しみを神秘的に伝える表現」

と、批評家たちがコメントしていた。

傷ついた肉体をことさら強調せず、見るものに媚びなかった。やがて週刊誌のグラビアを飾ったその一枚が評判になり、報道写真グランプリを受賞した。絵画芸術のように、情感を映りこませる描写ができてこそだ。

もうひとつ、ここでの日課といえば、午前八時きっかりに国連のイスラマバード事務所へ行くことである。国連機がカブールへ飛ぶかどうかは、当日でなければわからない。

メディアを担当するスタッフは、クレアといった。アメリカ人らしい、笑顔のまぶしい女性だ。途上国を支援するＵＳＡＩＤ（ユーエスエイド）の職員だったが、アフガニスタンでの戦争がはじまってから国連に転身していた。

その朝は、なにやら事務所に漂う気配が違った。

「おはよう、クレア！」

木のカウンターに片肘をついた。

「ハイ！　レナート。ごきげんいかが？」

クレアは、デスクまわりを片づける手を休めた。ぼくの顔を見て魅力的な笑みを浮かべた。半月も毎朝のように顔を突きあわせているから、とうに名前を覚えていた。

さっそく、さぐりを入れてみた。

「そろそろじゃないか？」

彼女はちょっと困った顔をした。さっと立って、カウンターごしにぼくの耳にほおをよせた。声をひそめていった。

「今日の午後、カブールへ飛ぶわ」

「イエス！」と声をあげそうになったが、クレアがすっと口もとに指を立てた。

小さくささやいた。

「あのね、飛行機がボンバルディアのダッシュ８なのよ。座席が四十しかない。うちのスタッフだけでも大変なのに、視察の議員が割りこもうとしているの」

「アメリカからだろ？　秋に中間選挙があるから、勇ましいところを見せたいのさ」

ぼくはがっくりしそうになった。

「でも、ひとりだけなら……」

クレアは、ブルネットの髪をおおっている花柄のスカーフを直すしぐさをして、事務所のロビーのあたりを見まわした。

「頼むよ、クレア」

「わかっているでしょうけれど、搭乗待ちをしているのはあなただけじゃないわ。メディアだけで、二、三十人はリストに載っているのよ。けれど一番長く待っているわけだし、なんとかしてあげたい。どうしましょう？」

口角をちょっとあげて、じらすようにいった。

確かに、ここに通いつめているのは、ぼくだけではない。ロビーには、ドイツ、カタール、日本、世界中からアフガニスタンをめざすジャーナリストがたむろしている。

「どうすればいい？」

「そうね、ちょっとした工夫がいるわ」

搭乗名簿を綴(と)じたファイルを取り出し、カウンターの上に置いた。今日の便に乗る予定者がリストされている。国連本部と現地事務所から十数人、ＵＳＡＩＤや赤新月社など支援団体のスタッフ数人、それと議員の視察団だった。

クレアはボールペンを握って、議員の秘書に線を引いてリストから消した。それから搭乗名簿の最後に、レナート・ベステルンドと書いた。ぼくの名前だ。

「これで、どう?」

「クレア、恩に着るよ」

「わたしもこの飛行機に乗る。あなたと同じくらい、心待ちにしていたわ」

「ああ、わかっている」

ぼくには、どうしても探したいアフガニスタンの少女がいた——

去年の十二月、北欧のストックホルムは凍てつく冬に閉ざされていた。中世そのままの旧市街、ガムラスタンの家々の窓辺だけが、クリスマスの飾りで華やいでいた。

狭い石畳の路地にあるアパートへ帰る道すがら、いつも通りがかる書店に積まれた月刊誌がふと目にとまった。フォトジャーナリズムの権威ある雑誌だ。ぱらぱらめくったら、十月にはじまったアフガニスタン戦争の写真に釘づけになった。

アメリカと多国籍軍の空爆が加えられ、激戦がつづいていた。タリバンと呼ばれた過激なイスラム主義の政府はじり貧になり、首都カブールの陥落が目前に迫ったころ。その雑誌のなかで、戦火を逃げまどう親子の姿が、ぼくの心を鷲(わし)づかみにした。

母親の背中を追う少女が三人、手をつないで駆けてゆく。母と娘ふたりはブルカという着衣で顔からつまさきまですっぽり隠しているが、ひとりだけ髪にスカーフを巻いている。体格からみて三人姉妹の末っ子ではなかろうか、と思った。

スカーフからのぞく顔には、まだ幼さが残っている。カメラをふり返った一瞬のまなざしがなにかを訴えていた。残酷な光景のなかで、その子の瞳が気高く思えたのは、漆黒の宇宙の闇に浮かぶ地球のように透徹した青だったからだ。

書店のレジで百クローナを払うと、あわてて携帯電話をにぎって雑誌の出版社へ電話をかけた。つり銭を忘れるほど、その少女の眼光に取りつかれていた。

クリスマス休みの出版社の留守録にメッセージを残した。年明けに連絡があって、その親子の所在はわからなかったが、撮影された場所を教えてもらった。

さっそくダーゲンス・ニヘテル紙の編集長にかけあい、三カ月待って出発した。旅費は新聞社もちで、写真は買い取り契約だ。決定的瞬間をものにしなければ収入にはならない。

でも、ぼくには確信があった。霊感といってもよい。その少女の肖像を撮影すれば、戦場でのドキュメンタリーよりも雄弁に、なにかを物語ってくれるに違いない。

イスラマバード国際空港は閑散としていた。クレアから指示されたとおり、その日の午後二時までに出国手続きを終えて、搭乗ゲートで待った。

ボンバルディアの飛行機は、特徴ある双発のプロペラだからすぐにわかる。エアバスの大型旅客機にはさまれて、渡り鳥が翼を休めるようにおとなしくしていた。

クレアが、同僚と一緒に現れた。

「さあ、行きましょう!」

と声をかけ、駐機場へぞろぞろと歩いた。胴体のドアが開き、折りたたんだ階段がおりた。

「これをチャーターするのに苦労したわ。どこの航空会社も飛ぶのを嫌がっているから」

隣のシートにクレアが座って、腰のベルトをカチッとしめた。

「そうだろうね。カラコルム山系を越えなくちゃいけないし、あのあたりには武装勢力がいるから。スティンガーミサイルで撃たれたら、ひとたまりもない」

「幸運を願いましょう」

そのチャーター機は、ノルウェー政府が国連に協力を申し出てようやく実現した。機材もクルーも、ノルウェーからはるばるパキスタンまで飛んできた。パイロットはNATO（ナトー）軍の戦闘機乗りだった。中立を示すためまっ白に塗られた機体には、オリーブの葉につつまれた地球儀のロゴが描かれていた。

飛行機の背中に生えた両翼で、プロペラエンジンがごう音を立てて回転した。胴体が身震いしている。やがて滑走路を走り抜け、空気を懸命にとらえてゆっくり羽ばたいた。

灰色の巨大なイスラム寺院を眼下に、険しい峰々へ向かって高度をあげていった。

「レナート、見て！」

クレアが小窓へ顔をよせた。ぼくも遠くへ目をこらした。カラコルムの最高峰Ｋ２がかなたに見えた。濃紺の成層圏まで突きささった槍が、白銀にきらめいている。

プロペラ機は渓谷を縫って飛んだ。人の営みも草木も一切ない、地球の岩肌がむき出しになっている。ここが宇宙の星のひとつにすぎないと教えてくれる光景だった。

やがて、月面クレーターのような盆地に向かって降下してゆく。

視界が開け、土漠にへばりついたカブールの市街地がはっきりした。輪郭がいびつに見えるのは、この大都市が爆撃で破壊されてひしゃげたからだ。

ぼくらは無言になっていた。パイロットは勇敢だった。攻撃を受けた飛行機の残骸が放置されたままの荒れた滑走路へ、なんのためらいもなく進入した。

キュッと車輪が悲鳴をあげ、着地の衝撃で酸素吸入マスクが天井から垂れさがった。機体はS字を描いてしばらく走りつづけ、ようやくとまってくれた。

クレアは、ぼくの左肩にしがみついている。

「OK?」

「なんとか、大丈夫よ。あなたは?」

「ジーザスの加護を祈っていたよ」

「ほんとう? ここはもう、アッラーの国なんだけど」

クレアは心なしか、不安そうだった。

彼女の父は、アフガニスタン人である。ソ連が侵攻してきた八〇年代に、秘密警察の目を逃れてアメリカへ渡った。アメリカ人と結婚して平穏な暮らしを手に入れても、父は、いつかふたたび故国の土を踏むのを願っていた。

ソ連軍はアフガニスタンを蹂躙(じゅうりん)したが、アメリカに援助されたゲリラも野蛮だった。ユーラシアのスイスと呼ばれた国が見る影もなく荒れ果てた。クレアが国連を志望したのは、この地に平和をもたらし、いつか家族とともに戻りたいと思うからだ。

　ぼくは、カブールにある国連のコンパウンドに落ち着いた。さっそく、あの雑誌に掲載された写真の少女を探さなければならない。撮影された場所だけが、唯一の手がかりだ。

　街は、意外なほど喧噪（けんそう）にあふれていた。ガソリン不足で、ロバの引く荷車が復活した。装甲車の間をすり抜け、土ぼこりをあげて走りまわっている。荷台には、どこから手に入れたのか小麦の麻袋や、コカコーラの箱が山積みだ。

　タリバンは首都から撤退したが、まだ残党と戦闘がつづいている。米英軍は、タリバンを追って山岳地帯の前線へ移動した。カブールには北欧の部隊が派遣された。装甲車のハッチから身を乗り出す兵士の腕には、十字架をあしらった国旗が縫われている。

　デンマークは赤地に白十字、フィンランドは白地に青十字。ぼくの母国、スウェーデンの青地に黄色い十字架の国旗もある。彼らはまるで、十字軍の騎士団のようだ。正義と信仰に裏うちされ、異教徒に平和をもたらそうとしている。

　例の写真が撮られた一角は、大きな市場の近くにあった。サッカースタジアムほどの広さだが、屋根は抜け落ち鉄骨はひしゃげている。市場に避難した母親と三人の娘が、空爆が激しくなって飛び出した瞬間を、偶然に撮影したらしい。

　建物は廃墟（はいきょ）でも、闇市は開かれている。ぼくは、雑誌の写真を見せて歩いた。ほとんどの商人は疑り深そうな目をした。養子にする孤児を探しにきたか、ＣＩＡの手先とでも思ったか、たいてい無言のまま首を左右にふった。

　ただひとりだけ、白いターバンを頭に巻いた男が興味をもった。写真の少女を凝視し、

「これ、ルクサーナだろ」

と、つぶやいた。

「間違いないか？　こっちの一番小さい女の子のほうだよ」

「疑うのなら、家に行ってみな」

「えっ？」

「あの道の奥まったところに住んでいたはずだ。空爆のあとは見かけていないから、生きているかどうかわからんが」

ぼくは礼をいって、市場の外へ駆け出した。

その親子は、狭い路地に建つ石積みの家に住んでいた。ドアをたたくと、頭から全身に青いブルカをまとった女性が姿を現した。顔をおおう網目の布ごしに、用心深くぼくを観察している。写真の母親のようだ。雑誌を見せ、反応をうかがった。

しげしげとながめてから聞いた。

「どういうことでしょう？」

「これは、あなたがた親子の写真ですか？」

母親はうなずいている。

「いつの間に、こんなものを」

ぼくは自分が報道写真家であると告げ、いきさつを説明した。

「あなたがたは外国の雑誌に紹介されたのですよ。世界中の人たちがこの写真に感銘を受けました。ぼくは、どうしても会いたくなったのです」

「写真を撮りたいと?」

「そうです」

大きくため息をつくのが聞こえた。

「ごぞんじないかもしれませんが、わたしたちイスラムの女は、みず知らずの男に写真を撮らせるまねはしません。みじめな姿を世界に広めて、恥をかかせるのですか?」

「いいえ、決してそうではありません。助けたいのです」

「なんですって?」

ぼくは、いいよどんだ。

「えぇー、食糧とか、教育とか。それに、自由になりたいでしょう?」

「命のほうが大切です。関わらないでもらえませんか」

取りつく島もなかったが、このくらいであきらめるわけにはいかない。国連の施設へ戻ってクレアに相談してみた。彼女なら、気持ちのつかみ方がわかるかもしれないと思った。

だが、クレアもつれなかった。

「難しいわ。この国には、古い考えをもつ人たちがいるの」

「イスラムの女性の写真はたくさんある。それで拷問(ごうもん)されたとでも?」

「アフガニスタンは違う。妻や娘が外国の男のモデルになったと知られてごらんなさい。家族であろうが、きっと殺されるでしょうよ」

クレアのいうとおりだった。

不貞の疑いがかかればサッカースタジアムに連行され、石で打たれ、ゴールポストで首を吊られた。しかも、刑の執行をラジオで知らせて観客を集めた。タリバンが去ってこれから自由な世の中になるといっても、信じられないであろう。

「どうすればいい？」

クレアも思案顔である。

「可能性があるとしたら、その女性の夫か父親と話をつけるのね」

翌日、ふたたび母親の家を訪ねてみた。また撮影を断られても、ルクサーナという名前の末娘に会わせてもらえないか頼むつもりだった。

ところが、母親から意外な事実を聞かされた。ぼくは、

「せめて、ルクサーナの顔を見せてほしい」

と、もちかけた。すると、こともなげにいった。

「あの子は、もう嫁ぎました」

「結婚した？　まさか……」

ぼくは耳を疑った。まだ年端もいかない少女のはずだ。撮影から半年もたっていない。

「ほんとうですよ」

母親は、その事情をかいつまんで話してくれた。

「さる方が娘を娶ってくれたおかげで、こうして難民にならずにやっていけるのです。暮らし

も少しは楽になりました」

「ですが、まだ子どもでは？」

「しきたりをごぞんじないようで。娘は、北の地方で幸せに暮らしています」

その母親は夫を亡くし、三人の娘を育てた。末娘のルクサーナが、遠縁の男に見そめられ三番目の妻になっていた。ルクサーナはまだ十四歳、夫は四十歳と聞いた。

ぼくは言葉を失っていた。母親がいった。

「ルクサーナの夫が許せば、あなたの希望はかなうかもしれません。夫と一緒の写真なら」

娘の嫁ぎ先を聞き出して、ぼくは引きさがった。帰りぎわに母親が、

「ルクサーナは、とても気丈な子よ」

と、ぽつりといった。

嫁いだところは、アフガニスタン中部の山岳地帯だった。夫はアジーズといい、そのあたりで知られた人物らしい。四千メートル級の山が立ちはだかる難所である。戦火のカブールから避難する人々が、険しい峠を越えて北へと逃れていた。

国連難民高等弁務官のスタッフも、北部のマザリシャリフへ移動しようとしていた。クレアもそれに同行する。ぼくは、国連の護送車列コンボイに乗せてくれるよう頼んだ。

クレアは、ルクサーナの身の上を聞いてひどく憤（いきどお）った。

「なんてことなの。ありえない」

「ここでは、幼少婚の風習があたりまえと聞かされたよ」

きつい目つきでにらまれた。

「違うわ。わたしの父はイスラム教徒だけど、重婚は認めていないわよ」

「ルクサーナがほんとうに幸せか、気にならないか？」

「わたし、幼少婚なんて許さないから。国連で保護してもいいわよ」

「そうだな」

ぼくも同感だった。

国連のコンボイは間もなく出発した。クレアと一緒に、トヨタの白いランドクルーザーに乗りこんだ。ポールに水色の国連旗がたなびいている。うしろに食糧と水を積んだトラックが二台連なり、最後尾にデンマーク軍の装甲車がつづいた。

道路は穴だらけで、タリバンが埋めた地雷があるから慎重に進んでゆく。いたるところ、まるで死んだ亀のように戦車が腹を見せてころがっている。悪路を走る大型のランドクルーザーに揺られ、ぼくは不思議な糸に引かれる気がしていた。

「クレア、どうしてぼくを連れてきたの？」

「さあ、なぜかしら」

「アメリカのメディアもあるし、議員やお偉いさんもいるだろ？」

クレアは、ぼくの顔を見つめている。

「あなたには、ハイエナの臭いがしないから」

「戦争に群がるハイエナか」

ぼくは、ウガンダの夜明けの草原にいたハイエナを思い出した。いつも群れだった。ライオンやヒョウに狩られた、インパラやヌーの残骸をあさっていたものだ。

思わず苦笑していた。

「そうでしょう。ライオンのあとを追いかけて、獲物のおこぼれをむさぼる」

「ライオンっていうのは、アメリカかな？」

「アメリカだけじゃない。それに、ハイエナなら世界中にいるわ」

「厳しいね」

「レナート、どうしてフォトジャーナリストになったの？」

「なぜかな。ぼくの家が写真館だったんだよ」

クレアのほおがゆるんだ。なあんだ、という表情を浮かべている。

ぼくは、ストックホルム郊外の工業都市セーデルテリエに生まれた。メーラレン湖をのぞむ美しいところだ。勉強するよりも、父と母の小さな写真館を手伝うのが好きだった。

そこでは移民が珍しくなかった。ナチスから逃れて定住したユダヤ系の人が、家族の記念写真を撮りによく来店した。東欧の動乱のころは、ポーランドやユーゴの難民もいた。苦労を刻んだ顔を、ファインダーからずっと見ていた。

「それで、写真館を飛び出して海外へ？」

「初めて外の世界を撮影したのが十八歳のとき。ベルリンの壁だった」

「壁が壊されて、みんな興奮したわね。新しい時代がはじまるって」

「そうなんだけど。大騒ぎのなかで、冷静なドイツ人もいた。むしろこれから、冷戦よりも困難で、つらい時代になるんじゃないかと話してたよ」

クレアが、ふっと黙りこんだ。

「写真館で出会った人たちと同じで、思慮深く歴史と交信しているようだった。勝利や敗北じゃなくて、そちらを撮りたいと思ったんだ」

ぼくはそれから、父が大切にしていたハッセルブラッドのカメラを借りて、アフリカやアジアを放浪した。この地球と、そこに生きるすべてを記録するために――

中部山岳地帯のサラン峠の手前まできて、とっぷり日が暮れた。ルクサーナの家も、このあたりの村である。雲ゆきがあやしくなり、山から猛烈な雪が吹きおろした。

峠の入口にはゲートがあり、鉄の柵で閉鎖されている。大柄な男が四、五人現れた。緑と茶の迷彩服を着て、自動小銃を肩にさげている。

毛皮の耳あてのついたキャメル地の帽子をかぶった男がどなった。

「サラン峠は通行どめだ！」

コンボイのドライバーは不審そうだ。

「いつまでだ？」

「峠のトンネルが爆破されて、めちゃくちゃに崩れている。迂回路はあるが、昨日から雪がひどいからな。いつになったら通れるかわからん」

タリバンがトンネルを破壊して逃げていた。

この男たちは、土地の有力者の子分だ。政府が倒れても通行料を徴収し、避難民から法外な金を巻きあげていると悪い評判が立っていた。

ドライバーがいった。

「今夜はここで野営するつもりだ。雪がやむまで待たせてもらうよ」

三月も半ばだが、このあたりは標高が二千メートルある。冷えこみが厳しかった。

ぼくは、キャメル帽の男に聞いた。

「アジーズという人を知らないか?」

男はにやにやしている。

「そりゃ、親方だよ」

「親方?」

「ああそうだ。この村で一番の金持ちだ」

といって、峠道を見おろす高台の家を指さした。

「じゃあ、ルクサーナは?」

ちょっと首をひねって、思いついたようだ。

「去年ここへきた娘か。さあてね」

タリバンのイスラム主義のもとで、女性たちはめったに外出できなかった。表へ出るときにはブルカを着用しなければならず、どこのだれなのかわからない。

翌朝、アジーズを訪ねた。高い塀で囲まれた敷地に三階建ての家が建っていた。新品のパラボラアンテナが屋上に見えた。ＢＢＣやＣＮＮを視聴して風向きをさぐり、抜け目なく立ち回っているのだろう。昨晩の迷彩服の門番に取りついでもらった。

アジーズは、四十歳にしては老けた男だった。真紅の絨毯を敷きつめた広い部屋で、ぼくらを待っていた。アフガニスタンのパシュトゥン民族らしく、面長の顔に深いしわを刻んでいる。厳格な表情のまま、絨毯に座るよう手招きした。

片膝を立ててあぐらをかき、でっぷりした腹をさすっている。鋭い視線に射すくめられ、クレアは固くなった。にわか勉強のペルシャ語で、ひとことふたことあいさつした。

剃った頭に巻いた絹のターバンに触って、低い声でおもむろにいった。

「国連だって？　わしになんのご用かな」

クレアは、ぼくよりもペルシャ語が使える。

「彼は、スウェーデンのジャーナリストです。ルクサーナを探しています。ある雑誌の写真で知ったものですから。会えますか？」

「ほほう」

アジーズは黒々したひげをしごいた。顔を横にひねって探りを入れた。

「ルクサーナが、外国に知られているので？　いったいどうしたわけです。母親からは、なにも聞かされなかったが」

ぼくは、例の写真の切り抜きを取り出して見せた。

「こんな写真の、どこがおもしろい。この国では、あたりまえの光景にすぎない」

といって、アジーズは写真を突き返した。

「この写真のメッセージはとても重いです。少女の目が、ぼくの心を奪いました」

「ふーん、写真を撮ったのは外国人だろ。ルクサーナはそいつが怖いのだ」

ぼくは、早口の英語でまくし立てた。それをクレアが通訳した。

「この目はおびえているんじゃない。気高く、恐れがない。いや拒んでいる」

アジーズは、ルクサーナをほめられまんざらでもなさそうだ。

「そんなに有名とは知らなかったな」

クレアが聞いた。

「ルクサーナを第三夫人にしたのですね？」

「ああ、そうだよ」

得意そうに、黒ひげをなでている。

妻をたくさん娶るほど、富と力の証しになる。イスラム圏では、四人まで重婚を認める地方があった。その多くが、十五歳になる前に結婚させられた。貧しい家の幼い娘を金で買い、慰みものにする悪人がいた。

クレアは、子どもへの暴力にほかならないと確信していた。

「ルクサーナは幸せなのですか？」

アジーズの疑り深い目が、ぎょろりと動いた。

「あんたがたは認めないようだが、わしらにも伝統がある。豊かな男が、たくさんの女を養ってなにが悪い。ケチをつけるために戦争をしかけているのか。えっ？」

クレアが口をとがらせた。彼女の手をそっと握って、落ち着かせようとした。

「ぼくはただ、ルクサーナに会いたいだけなのです」

「ここまで追いかけたなら、取引をするつもりはあるんだね？」

「と、いいますと？」

あきれ顔で、アジーズはため息をついた。

「おれは忙しいんだ。ビジネスのルールがわからないやつと話しているひまはない」

といって、衣の長いすそをたくしあげて立とうとした。

「待ってください。声だけでも、聞かせてもらえませんか」

「あの娘はもういないよ」

「…………」

クレアが問いつめた。

「なんですって？まさか亡くなったの」

アジーズの眉間にしわがよった。

「ここから逃げたんだ。雪のふる前だったな。あれだけの結納金を払ってやったのに、どうしてくれようかと考えていたところだ」

ぼくとクレアは顔を見あわせた。

「どこへ？」

「峠を越した向こうの村と聞いているが。戦争がひどくて、北へは行けない」

目に怒りの炎が浮かんでいる。アジーズは腰をあげ、

「もう出てゆけ」

と、手で外を示している。ぼくらは、アジーズの家から早々に退散した。

国連のコンボイは、サラン峠の悪路越えに出発した。

トンネルの迂回路は、数百年前からある旧道だった。一気に、千五百メートルも登らねばならない。道は狭く、路肩が渓谷へ鋭く切れ落ちている。車がUターンする余裕もない。前進するほか選択はなかった。

空はあい変わらず高く澄み渡っているが、雪は深い。車列の振動で、渓谷では雪崩(なだれ)が起きていた。ランドクルーザーの窓の取っ手にしがみついた。分水嶺を越え、眼下に山村が見えると、ぼくらは抱きあって歓声をあげた。

アフガニスタンの北部には、まったく違う光景が広がっていた。

切り立った山は、すそ野のなだらかな丘に変わった。雪どけの水が小川になって流れている。平原は一面に草が生えて、梅林の白い花がちょうど満開である。

「ここはアジアなんだね」

中国の詩集を読んで〝桃源郷(とうげんきょう)〟という言葉を知っていた。山ふところの楽園で、美しい絹のローブをまとった女性の舞う姿が描かれていた。幻想的な風景に陶酔(とうすい)しそうだった。

やがて、霞たなびく丘の小さな村に入った。

子どもたちが家を飛び出し、国連旗を立てた車に群がった。好奇心いっぱいの瞳が輝いている。遠巻きに警戒していた大人たちも、恐る恐る近づいた。

クレアが話しかけている。北の地方では、高齢者は英語を理解し、壮年はロシア語が達者であった。ぼくらは、かたっぱしから聞いてまわった。

「だれか、ルクサーナを知りませんか?」

するど、高齢の女性がいった。

「その娘なら、うちの孫たちの世話をしてくれているよ」

「ほんとうですか」

「ああ、もう三、四カ月にもなるかねえ」

「会わせてもらえますか?」

「いいともさ。あの娘になんの用事だね?」

「助けになりたいのです」

その女性は得心した様子だった。

国連のコンボイは、さらに北のマザリシャリフをめざしているから、足どめするわけにいかない。だが、ぼくよりクレアのほうが、ルクサーナの捜索に熱心になっていた。

ぼくらは、女性のあとについて川岸へ向かった。

柔らかい草の芽がベルベットになって大地をおおっている。幾重にもなった丘を縫って、清らかな水が流れていた。スモモの木陰に座る三人の姿が見えた。

娘たちは、アフガニスタン絨毯を織っていた。

地面に木枠の織機を置いて、ふたりが横並びに腰かけて指先を動かしている。まだ十歳ぐらいだろう、顔を隠さず髪にスカーフを巻いて、脇目もふらず結び目を作っていた。

色とりどりの羊毛をからませ、絨毯の細かな模様が浮かびあがっている。茜染めのインディアンマダーの鮮やかな赤が、草原の緑とみごとな補色になって目を奪った。

「なんてきれい」

クレアはため息をついている。

案内してくれた女性が呼びかけた。

「ルクサーナ！」

青いブルカを着たもうひとりの娘が、声のするほうをふり返った。

「おばあさん？ もうお昼の時間ですか？」

「そうじゃないのよ。あんたを訪ねてきた人がいるんだよ」

ルクサーナが、ブルカのなかでびくっと震えた。

「だれなの？」

「心配ないよ、アジーズじゃないから。外国人だよ」

草原に立つルクサーナは、写真よりも背が高くすらりとしていた。頭からすっぽりとブルカをかぶっていて、顔を隠す網目の奥の表情までうかがい知れない。

「ぼくはレナート、フォトジャーナリストです。こちらは、国連スタッフのクレアです」

ようやく、あの写真の少女に会えたのだ。ぼくは取っておきの笑顔を浮かべた。

ルクサーナは、どこかぎこちなかった。握手の手をさし伸べてもまったく気づかないのか、草原にゆったりと座り直した。彼女の声は、風のように透明だった。

「絨毯の織り方をごぞんじですか？」

クレアが答えた。

「詳しくないわ。手がこんでいて、時間がかかるものなのでしょう」

「ええ、とっても。この子たちでも、一日にせいぜい三センチしか織れないの」

ふたりの織子は、高齢の女性の孫であった。目を細めて頭をなでている。

「小さな女の子の指のほうが、細かい結びを作れるのさ。ルクサーナが教え上手でね。この子たちもすっかり上達しているよ」

クレアは、ルクサーナに尋ねた。

「いま、幸せなの？」

「なぜ、あなたがそれを聞くの？」

「ルクサーナ。レナートは、あなたのお母さんに会ったの。それから、アジーズにもね。事情はすべて知っている。わたしたちは、あなたを助けたいの」

ブルカの頭が、少し揺れた。

「なぜ？」

「だって、女性を売買するなんて許せない。まだ幼いのに結婚させるなんて」

「あたし、もう十五歳になりました。とうに大人ですよ」

「そんなふうにいわないで。遊んで、勉強して、いまを楽しまなければだめよ」

ルクサーナは、くっくと声を抑えて笑った。

「おかしい?」

「いいえ、ごめんなさい。十五になればもう遊んではいられない。この子たちを見て。絨毯を織って家族を支えているの。それに勉強なら、こうしてやっているわ」

クレアが頭ごなしにいった。

「違うの。もっと上の学校に入って、たくさん学ばなければいけないわ」

「そこでなにを学ぶの?」

「女性の権利や、自立するための技術よ」

「それなら絨毯が教えてくれる。こうして美しく織りあげるのは女だけの特権よ。自立もできるわ。それにこの絨毯の模様には、愛の言葉や、神の教えを織りこんでいる。平和な国になりますようにって、祈りをこめているの」

「でもそれだけじゃ、戦争も貧困もなくせないでしょう」

ルクサーナがきっぱりいった。

「この戦争をはじめたのは、教育を受けた人じゃないの。恐ろしい武器を造るのも、売りつけるのも、みんな頭のいい人。あなたたちのような、幸せな人には……」

といいかけて、言葉をのみこんだ。

ぼくは、ルクサーナに頼まなければならない。

「きみの写真を撮りたい。これを、見てくれないか」

ポケットから写真を取り出した。

「なに?」

「これだよ。きみたち親子の写真さ。ぼくは、その青い瞳のとりこになったんだ」

「あたし、なにも見えないの」

「えっ」

ぼくは耳を疑った。

ルクサーナはさっと、顔をおおっていたブルカをはずした。あの写真のとおり、気高い表情の娘がそこにいた。しかし、両方のまぶたは固く閉じられたままだ。

ルクサーナの唇が動いた。

「あなたは、雨を見たことがある?」

「もちろんあるさ」

「あのとき、あたしは雨かと思ったわ」

ふたりの娘が手を休め、耳をそばだてている。かたわらの女性がぽつりといった。

「サラン峠が戦場になったのさ。飛行機が爆弾をばらまいたんだよ」

「それで?」

「アジーズから逃げて山越えをしていて、運が悪かったね」

ルクサーナは、アメリカ軍が投下した不発弾で負傷した。気を失ったところを助けられ、村の病院にかつぎこまれた。医師からは、クラスター弾だろうと聞かされた。

ルクサーナは恥ずかしそうにした。

「空を見あげたら、細かい粒がふって雨かと思ったわ。すぐに大きく見えて、黄色い筒が散らばった。アメリカが空から黄色い食糧袋を落としてくれるって、アジーズから聞いていた。お腹（なか）がすいていたの。それで……」

その黄色い筒に触れた。クラスター弾は、ひとつの砲弾のなかに数百の小型爆弾をしこんだ殺戮（さつりく）兵器だ。アメリカは禁止条約に加盟せず、この戦争でも使っていた。

ルクサーナの体の傷は治ったけれど、視力が戻らなかった。

「なんてこと」

クレアが泣いている。

ルクサーナはもう、光を感じられない。青く澄んだ瞳は永久に失われた。

でも、こういった。

「朝になれば、鳥が教えてくれる。昼は太陽を浴びてまぶたが熱くなる。夕暮れには狼（おおかみ）が鳴くのよ。絨毯はもう織れないけれど、この子たちが指になってくれるわ」

「ねえ、ルクサーナ。わたしたちと一緒にマザリシャリフへ行きましょう。国連でしっかりケアするから、心配ないのよ。このままでは、連れ戻されてしまうわ」

クレアは懇願した。

「夫には愛情がないの。失明したと知れば、ほかの人を娶るでしょう」

ルクサーナは右手を出した。その手は、つつむようにそっと結ばれている。

ぼくは聞いた。

「なに？」

ほどかれた手のひらに、小さな青い玉がふたつあった。

「ラピスラズリよ。宇宙のかけらなの」

それは、アフガニスタンの鉱石で、神秘的な色が古代から人々の心をとりこにした。あらゆる病を癒やし、再生させる霊力が宿ると信じられている。

ぼくは、カメラを構えた。レンズのフォーカスを絞るかすかな音がする。

ルクサーナが、きりりとした声でいった。

「あたしの写真を撮るの？それとも、この青い石？」

ぼくは一瞬、ためらった。ルクサーナは見えない目で、ラピスラズリを見ている。

「これは、結婚するとき、お母さんがもたせてくれたの」

クレアは動揺している。

「あなた、お母さんをうらんでいない？」

「いいえ」

ルクサーナがいった。

「あたしの瞳は、その写真のなかにあるのね。ラピスラズリと、どちらが青いかしら？」

ぼくはシャッターを切った。

その瞬間に、ルクサーナはまぶたを閉じたまま天を仰いだ。最後に見た空から、まるで雨粒がふるのを感じるように。

心臓石

二〇〇二年七月の物語

その夏は、いつになく暑かった。

ワルシャワの石畳の街は照り返しがひどく、ぼくは半地下にあるCD屋に駆けこんだ。古めかしい建物のせいか、かすかにかび臭い。冷やっとした空気を吸って人心地がついた。

店主の趣味なのだろう、電灯は控えめでぼんやり暗かった。

澄みきった音色のジャズが流れていた。

「その曲のピアニストは？」

木のカウンターに肘をついて立っている店主に聞いた。縮れた赤毛の男がこちらを見た。値踏みするような、無愛想な顔だ。商売のやり方は、まだむかしの流儀らしい。

ぼくの頭の小ぶりな帽子、キッパに気づいたようだった。店主がプレーヤーの蓋を開けてCDを取り出し、ラベルを上にしてカウンターにぽんと置いた。

「クシシュ[10]だよ」

うすい氷をはがすような繊細な指づかいだが冷たくはない。情感たっぷりの生ぬるさとも無縁だ。ポーランドの麦畑の銀の穂を鳴らす風のような、そんな音がした。

ふと浮かんだのは、この国の世界に知られた音楽家だった。思わずつぶやいた。

「ショパンのよう」

店主が、ぼさぼさの頭をかいている。

「ほう。そう思うかね？」

ぼくは、その顔をさぐるように見つめた。ジャズとクラシック音楽の区別もつかない、バックパッカーの若者と思っているのではないか、と。

ショパンにひかれるのは、なにものにも屈しない祖国愛、情熱を感じるからだ。

店主の表情に陰りはなかった。

「彼らは、おれたちのあこがれ。イコンさ」

そういって、クシシュについて話してくれた。クシシュトフ・トルチンスキ。彼が使っていた〝コメダ〟というステージネームなら、東欧のだれもが知っている。

そのまま話しつづけた。

「ジャズは敵性音楽だったけれど、才能は隠しようがない。わかるかね?」

コメダの時代は、ヨーロッパの東と西の間に鉄のカーテンがおりていた。ジャズはアメリカの象徴とみなされて、イデオロギーが音楽の世界も分断していた。政治を塗りかえる音楽の力を、ポーランドの指導者が恐れたせいだ。

コメダは才気にあふれていた。そうした時代に抵抗する映画監督のポランスキやワイダのために作曲もした。東西冷戦の終わりを見届けずに、三十八歳でハリウッドに客死した。

ぼくは、ふっと気づいた。

「ショパンが死んだのは、三十九歳でしたね?」

「そう、パリだ。コメダのときもひどかったが、ショパンの時代も悪かった。ロシア皇帝に独立を踏みにじられていたんだから」

かつてヨーロッパの大国だったポーランドは、近代には列強に分割されて消滅し、やがてロシア帝国に隷属させられた。民衆がいくども蜂起し、そのたびに弾圧された。パリへ逃れたショパンは、祖国への愛を数々の曲にしていた。

コメダのＣＤをもう一枚、店主が棚から引き抜いた。それを受け取って、アルバムのタイトルを凝視した。〝わたしの愛するヨーロッパの祖国〟。彼の遺作だった。

カウンターに載ったぼくの十本指を、店主はしげしげ見ている。

「きみ、楽器を弾くの？」

「ええ、少しだけ」

ぼくは口ごもっていった。

「ジャズ？　それともクラシック？」

「クラシックです。エルサレムのアカデミーで学びました。いえ、まだ途中ですが」

「ほう、イスラエルから？」

「ルーツは、ここかね？」

ユダヤ教徒の証しのキッパをかぶっているのに、店主は気づいていた。

「はい、祖父がポーランドの移民です」

店主はうなずいた。

「ワルシャワへは里帰り？　それとも、クラシック音楽の勉強かな。とてもいい指をしているから、きみはピアニストだろうね。図星だろ？」

「まあ、そうです」

店主はくるりと背を向け、また棚を探している。クラシックの一枚を取り出した。

「これ、最近感動したやつでね。ショパン音楽院の学生のデビュー作なんだ」

ジャケットに、ファツィオリのピアノを弾く女性が印刷されている。知らない顔のピアニストだ。フィラスティーン・サアディ。その名前に、自分の目を疑った。

ぼくは聞いた。

「彼女、パレスチナ人ですね」

「そうだよ。マーサ・ソシュコフスカは知ってるだろ？　その愛弟子でね。おれの聞いたかぎりで、いまの若手のショパンでは一番いい」

フィラスティーンというのはアラビア語である。ある記憶が去来した。こうしてショパンの聖地をめぐり歩いているのは、あの悪夢のようなできごとを忘れるためなのに……。

胸のうちにつぶやいた。

「パレスチナ人が、ショパンを弾けるわけない」

ぼくの心は、黒々した霧につつまれた。コメダの二枚のＣＤと、フィラスティーンのアルバムも買うことにした。ホテルに戻って、じっくり聞いてみようと思った。

腰のポケットに入れた財布から、ＶＩＳＡカードを抜こうとしてもたついた。店主が、カードリーダーをさし出した。四桁の数字をプッシュするのに、ぼくの指はぎこちなかった。

店主はいぶかしんでいる。ぼくは、思わず告白した。

「戦争で指がだめになったんです。もう、ピアノをあきらめようと」

「そうだったのか。同情するよ」

店主が一枚のコンサートチケットを見せて、袋のなかにそっとすべらせた。

「今夜、マーサ・ソシュコフスカが弾くショパンのリサイタルがある。よかったら、もらってくれないか。きみの指に奇跡が起こるよう祈っているよ」

まぶたが熱くなった。ぼくは、半地下の階段を駆けあがって表へ飛び出した。

あい変わらず太陽が石造りの街を焼いている。涼しげな白いキャンバス地のテントを張ったカフェへ逃れ、椅子に腰をおろした。そこは歴史地区の広場だった。淡い黄や青の中世風の建物が肩をよせあって、まるで童話の挿絵に見える。

これは、一時は完全に消滅した風景なのだ。破壊されつくした廃墟から、石積みのひとつずつがもとに戻された。気の遠くなる作業の末に、復元された街だった。ぼくは、聖地エルサレムとユダヤ人の歴史に思いをはせていた。

髪にハイネケンのサンバイザーを載せた店員がほほ笑んでいる。

「ご注文は？」

「ジンジャエールに、ライムと氷をたくさん入れてください」

うなずいてきびすを返した。

よく冷えたジンジャエールをストローですすって、広場をぼんやりながめた。絵を並べて売っているアラブ人に気づいた。鉄のスタンドに並べた作品は、どこかの砂漠の景色のようだ。そのなかの一枚の水彩画に目がとまった。

砂漠に見えたのは、戦場の村だった。灰色のがれきのなかに、黒いベールをまとった女性と子どもが座っている。その子は、煉瓦の破片を積んで小さな家を造っている。

それが重石になって、記憶の水底へ落ちてゆく。

三カ月前まで、ぼくはＩＤＦ（イスラエル国防軍）にいた。

命令を受けたのは、雪のちらつく寒い日の真夜中だった——

「これより、ジェニンへ侵攻する！」

工兵隊長がいった。ぼくは一年前に兵役に就いたばかりで、所属はＩＤＦ中央軍のメナシェ旅団だ。ガリラヤ湖と死海を結ぶ、ヨルダン川西岸のパレスチナ人居留地を監視していた。ジェニンには、そのなかでもっとも大きな難民キャンプがあった。

イスラエルとパレスチナを隔てる境界をグリーンラインといい、ここを越えるときはいつも緊張した。狙撃される恐怖で、自動小銃のグリップを握る手がこわばった。テルアビブ郊外の軍基地から北上し、午前四時にはジェニンに着いた。

ぼくは、ブルドーザーの乗務員だった。工兵隊は、キャンプを見おろす高台に待機した。ブルドーザーのボディは装甲され、地雷を踏んでもびくともしない。〝ドゥービ〟（熊）が愛称であるが、パレスチナ人は〝悪魔〟と呼んだ。

南から戦闘ヘリコプターが飛来し、夜鷹のように旋回した。機首をさげ、サーチライトを浴びせ、両翼からミサイルを放つ。白煙が昇って炎が闇を焦がした。燻（いぶ）された異臭が風に乗って漂い、ぼくの鼻腔を刺激した。

特殊戦闘員が装甲車に分乗し、パレスチナ人の家を襲っている。凍りついた空気に、自動小銃のかん高い連射音が響く。寝こみを襲われた人々の叫びが聞こえた。

「隊長、まだですか？」

若い工兵隊員がいった。この部隊には、十八歳で徴兵された初年兵が多い。初めこそ戦闘を恐れているが、しだいに慣れると獲物に飢える。

「侵攻！」

夜が白々と明けるころ、隊長が命じた。解き放たれた数十台の猛獣が、土煙を巻きあげて突進した。大音量で流される住民への警告が、破壊の合図だった。

「イスラエルの許可なく建設された街を取り壊す。住民は退去せよ！」

ぼくらは、すぐに作業に取りかかった。粗雑な造りの建物ばかりだから、ブレードを打ちこめばたやすく崩れる。家をつぶして道を拡張し、目標のキャンプへ前進してゆく。

キャンプでは、大勢の難民が逃げまどい、手をふりあげてブルドーザーにまとわりつく。かまわずにバラックやテントを押し倒す。金属質の嫌な音が耳を刺激する。ぼくの聴覚は、戦場のメカニカルな騒音に耐えられなかった。

そのときだ。人の肉声が聞こえた。子どもの悲鳴のようで、はっとした。

ブルドーザーの前に、黒い衣に身をつつんだ女性が立ちはだかった。決死の表情で、つぶされた家を守ろうとしている。トタン板の下に女の子の赤いスカーフがのぞいている。

「とまれ！」

いすがっている。兵士が発砲して、その女性は地面に崩れ落ちた。

それからあとは、無我夢中で廃墟を整地した。記憶を消去するために、女の子が埋もれていた家のがれきが跡かたもなく消えるまで縦横に走りまわった。

隊長は、つぎの任務を命じた。

「ラマラへ向かう」

イスラエルとパレスチナの紛争は、ひどくなる一方だ。爆弾テロと報復の応酬がつづいていた。三月には、パレスチナ人の高校生がエルサレムで自爆し、市民を巻きぞえにした。シャロン首相は、ジェニン、ラマラ、ベツレヘムへ軍を侵攻させた。

朝のうちに、ラマラに入った。パレスチナの最高指導者、ヤーセル・アラファトの議長府のまわりを破壊し、兵糧攻めにする軍用地の確保が任務だった。

黙々と建物を壊すぼくらに、村の少年がパチンコを向けた。木の枝にゴムひもをかけて、小さな金属の玉を飛ばす道具だ。そんなものは、おもちゃでしかない。

ひとりの男の子が、ブルドーザーの前に飛び出した。

「危ない！」

ぼくの脳裏に、ブルドーザーにひかれた女の子が浮かんだ。ハンドルレバーを操作し、その少年を避けようとした。そのとき、どう猛な〝ドゥービ〟が黒煙を噴いて横転した。運転席のドアが開いて、ぼくは外へ放り出された。そのまま意識を失っていた。

気づくと、医療班が顔をのぞきこんでいた。麻酔のせいか痛みを感じない。体を動かせないのは、両腕がブルドーザーのブレードにはさまれたからだった。

ぼくは叫んだ。

「この腕を、早く救ってくれ！」

「大丈夫、命は助かる」

隊長が、懸命に励ました。

ただちに、軍の救命ヘリでエルサレムの病院へ搬送された。腕は切断せずにすんだが、両手に麻痺が残った。それから二カ月あまり入院して、軍務を解かれた。

一番がっかりしたのは、ぼくの父だった。

父はエルサレムで宝石商を営んでいる。腕のよい職人で世界に顧客がいた。ぼくが親ゆずりの器用な手をしていたので、ピアニストになってほしいと願っていた。

父の一族は、ナチスが占領する前にポーランドを逃れた。イスラエルの聖地へ帰還するシオニズム[11]がはじまったころだ。ユダヤ系移民のキブツ（共同体）に加わって、ガリラヤ湖のほとりでナツメヤシから油を絞る入植者になっていた。

ぼくが生まれると、ヤハロームと名づけた。

ヤハロームとは宝石のジャスパー（碧玉（へきぎょく））で、古代エルサレムの城壁を美しく飾ったと伝わる。父は、ぼくの守護石にポーランド産の赤い碧玉を手に入れた。それは、色といい形といい、小さな心臓のような珍しい石である。

ぼくが兵役を終えたら、エルサレムの音楽アカデミーに復学させ、いつかはワルシャワのショパン音楽院で本格的にピアノを学ばせるつもりでいた。それなのにぼくはブルドーザーを横転させ、大切な両手を麻痺させてしまった。

父は、こういい放った。

「そんな子どもなど、ひいてしまえばよかった。どうせテロリストになるんだから」

失望する父を見るのがつらくなり、逃げるようにポーランドへ旅立った。この指では、ピアノは弾けず、宝石職人にもなれない。ショパンの聖地へ、夢を清算する巡礼だった。

太陽が陰って、広場の石畳の熱がさめてゆく。ジンジャエールの氷が溶けて、ぬるい水になっている。愛想のよい店員が、十二ズロチと書いた紙をテーブルに置いた。

腕時計は、もう午後五時をまわっている。チケットには、

〝午後六時開演　ワジェンキ公園・水上宮殿にて〟

と、記されていた。

その公園への行き方を聞いて、すぐに路面電車のトラムに飛び乗った。途中でバスに乗りかえ、ショパンの青銅のモニュメントの近くでおりた。

夕暮れの青草の匂いがした。風に乗って、恋人たちのさざめきが聞こえる。森の小径を歩いていると、小ぶりな池があった。その中洲に白亜の宮殿が建っている。ぼくが聴く最後のショパンになると心に決めて、重い木製のドアを押した。

大理石の床の中央に、白いグランドピアノが置いてあった。古びた椅子がピアノを遠巻きに

して並べられている。入口の張り紙には、マーサ・ソシュコフスカのサロン・リサイタルとあった。演目は、ショパンのワルツやノクターンなど十曲である。

地元の人々が集まって、池に面したバルコニーに出て談笑している。シャンデリアの華やかな光が水面に揺らぎ、肩をよせてささやきあう人の影をぼんやり映していた。

案内の女性が、居ずまいをただして告げた。

「間もなく開演ですが、お知らせがあります」

舞踏室へ戻って着席し、なんだろうと耳をそばだてた。今宵は、代役のピアニストが演奏します
「ソシュコフスカさんが体調を崩しました。今宵は、代役のピアニストが演奏します」

あちこちから、ため息が聞こえる。

「いまワルシャワで注目される若手、フィラスティーン・サアディ。ソシュコフスカさんが指名した期待の新星です。みなさまを失望させないでしょう」

奥の扉が開き、フィラスティーンが姿を見せた。緑色のドレスのひだを波うたせ、ゆったりと歩んだ。白いピアノの縁に片手を置いて、革張りの椅子に腰をすべらせる。

ぼくの体は小刻みに震えた。このめぐりあわせが、なにかの復讐か、あるいは呪いかと思えた。フィラスティーンがソシュコフスカの弟子とは聞いたが、まさか代役で現れるとは。よりによって、パレスチナ人の演奏を聞くとは思わなかった。

フィラスティーンは、椅子の高さを微妙に直している。鍵盤の蓋を開いて息をつめた。指先を確かめると、すっと目を閉じた。ぼくの席から、八十八鍵の白黒の起伏がよく見える。左手

の指先が最初の音を弾いて、演奏がはじまった。

ショパンの〝幻想即興曲[12]〟。ぼくはもう、席をはずすタイミングを失った。

鍵盤をすべるように、のぼりつめてゆく。左右の手から紡ぎ出される旋律は、近づいては離れて溶けあわない。胸をしめつける感傷に満ち、美しく疾走してゆく。

フィラスティーンは、ニンフのように泉を湧かせ、花を咲かせ聴衆をとりこにした。彼女がソシュコフスカの代役を務めていることなど、すっかり忘れさせた。

苦々しい嫉妬で息がつまりそうになったが、そんな姑息さは長くつづかなかった。

彼女の〝革命のエチュード[13]〟に打ちのめされた。一八三一年、ロシアのニコライ一世がワルシャワを征服したとき、ショパンが一気に書いたといわれる傑作だ。滝のように流れ落ちる曲である。その瀑布を浴び、薄氷のプライドが砕け散った。

短い休憩の間に、ぼくは尻尾を巻いて退散もできた。だが、そうはしなかった。

リサイタルの最後は、〝英雄[14]〟で知られるポーランド舞曲のポロネーズだった。父のお気に入りで、とりわけポーランド出身のルービンシュタインの演奏を、レコード盤がすれるまで聞いていた。それを、これからパレスチナ人が弾く。

フィラスティーンは少し唇をすぼめ、ピアノに霊感を吹きこんだ。恵まれた長い指がぴんと張られ、鍵盤を跳ねてゆく。なにも恐れない若い力が聴くものを圧倒し、まるで蜂起する民衆の先頭に立つ解放者のように見える。

ショパンの描いた偉大な物語が、しだいに目の前に立ち現れてきた。なぜ彼女がショパンを志したのか気づいた。失われた祖国への思いに、ぼくらの違いはなかった。

すべてを表現しきって、フィラスティーンは鍵盤の蓋を閉じた。

温かい拍手が、彼女と白いピアノをつつんでいた。その感動を伝えようと、聴衆が話しかけている。ぼくは、最後にフィラスティーンに歩みよった。

ぼくの頭のキッパに気づき、憂いがちな黒い瞳が少し揺れた。

「気高い演奏でした」

「ありがとう。あなた、イスラエルから？」

ぼくはうなずいた。

「きみは、パレスチナだね？」

「そうよ。ここで会えてうれしいわ」

その言葉に屈託はなく、明るい笑みを浮かべている。ウェーブのかかった茶色の髪を整えるしぐさをした。

「今日、きみのＣＤを買ったんだ」

「あら、ご感想は？」

「それをホテルで聴く前に、きみに会えてよかった」

「あなたの名前は？」

「ヤハローム」

「碧玉ね。わたしのサアディは、幸せという意味なの」

「きみは、パレスチナの希望になれると思う」

先ほどまでの嫉妬心を深く恥じた。

水上宮殿の舞踏室には、ほかにもうだれもいない。ＣＤジャケットの冊子をはずし、

「ここにサインしてくれない？」

と、頼んだ。

彼女は、茶目っ気たっぷりにウィンクした。

「あなた、モサドじゃないわよね？」

どきっとした。モサドはイスラエルの秘密警察である。

「ぼくがそう見える？」

「どうかしら」

くっくっと笑って署名した。ぎこちないけれど、ふたりの心は通じあった。

翌日は、あこがれのショパン音楽院に誘われた。フィラスティーンは、ショパンが学んだこの名門校の第二学部ピアノ科に籍を置いている。

整然とした街区の奥まった一角に校舎があった。ここも、戦火で二度も破壊されていた。ロシア皇帝ニコライ一世の圧政に抵抗した十一月蜂起と、ナチスの占領下だった。そのたび、この音楽の殿堂は不死鳥のごとく復興した。

灰色のビルの螺旋(らせん)階段をおりたところでフィラスティーンと待ちあわせている。目印は、白い大理石のショパンの胸像だった。

彼女は、その像に近い階段に座って、手書きの楽譜に目を通していた。

「待たせた？」

「大丈夫よ。宿題が大変なの」

その譜面をひらひらさせていった。水色のジーンズにTシャツ姿の彼女は、どこにでもいる同年代の大学生に見えた。

近くの学生ホールに、東ドイツ製の使いこまれたピアノが置いてあった。

「いつもこれで練習するの。これ、わたしが子どものころに弾いた音色に近いわ」

「子どものころから、ピアノを？」

「ええ、そうよ」

フィラスティーンは、自分の生い立ちを話した。

ぼくらは同じ年に、ラマラとエルサレムでそれぞれ生まれていた。彼女の親は教師で、家に古びたアップライトピアノがあった。イギリス人の同僚が残したものだった。

小学校に入るころ、インティファーダ[15]と呼ばれるパレスチナ人の蜂起があった。イスラエルの占領政策に、投石や火炎瓶で立ち向かった。激しい闘争は、ノルウェーのオスロで和平が決められるまでつづき、おびただしい命が失われた。

「真夜中にイスラエル軍が現れて、翌朝になると友だちの姿が見えない。亡くなったと聞かされ、ずっと泣いていたわ」

「それで、音楽が？」

「できるわけない、と思うでしょう。でも、父がピアノを弾きなさいといったの」

フィラスティーンはピアノに没頭した。それだけが唯一の友、心の慰めになった。

ぼくの胸がひりひりした。ブルドーザーにひかれた少女の記憶がよみがえった。あの子にも友がいて家庭があった。無惨にも……。彼女が、鍵盤をぽろんと鳴らした。

天窓からさしこむ光が、彫りの深い横顔に陰影をつけている。

「爆弾で窓ガラスが粉々になっても、そのピアノだけは不思議と無事だった。ピアノを弾いていれば、守られると思うようになったの」

「ショパン音楽院には、どうして？」

「細い糸に導かれて」

それは、インティファーダが下火になったころだ。

「家の外で、わたしのピアノにじっと耳を傾けている大人がいたの。初めは怖かった。何日かしてまたきて、両親と話しこんでいた。その人は音楽家だった」

フィラスティーンは、パレスチナでクラシックを学ぶ音楽院に迎えられた。平和を願う哲学者のサイード[16]と指揮者のバレンボイム[17]が創立した学校で、パレスチナとイスラエルの若者たちが混成オーケストラを編成するまでになっていた。

「恵まれていたわ。両親は理解があったし、学校もすばらしかった。ユダヤ系の先生もいたわよ。みんなに夢があって、音楽を架け橋にしようと懸命だった」

「知らなかったな」

「あなたたちは、パレスチナ人がクラシック音楽を理解できると思っていないもの」

「勘違いしていたよ」

「それから、信じられないことが起きた。このショパン音楽院の奨学生に推薦されたの」

「幸運だったね。それもきみの才能さ」

フィラスティーンは、小首をかしげてぼくを見た。

「あなたも、ピアニスト志望なんでしょう？」

「………」

ぼくはためらったけれど、この両手が不自由になったわけを話した。彼女は沈痛な表情を浮かべ、しばらく黙りこんでしまった。

やはりぼくらには、冷たい石の心臓のような硬いわだかまりがある。たがいの母国語のヘブル語とアラビア語では話がかみあわないし、英語だけでは心が通わなかった。

ぼくは、ユダヤ人が味わってきた苦しみを語らずにいられなかった。

「ぼくらが迫害された歴史は知っているね。紀元前のバビロン捕囚[18]よりもひどいできごとが、この現代のポーランドで起きてしまった」

「そのとおりよ。でもいまでは、わたしたちが聖地を盗んだといって、あなたたちが迫害しているわ」

「聖地って、なんだろうね」

「キリスト教のイエスは、パレスチナ人だって知ってた？」

「えっ、ユダヤ人じゃないの？」

「イエスに会っていないから、わからないわ。ヨーロッパ人と疑わない人もいれば、アフリカ人と信じる人もいる。そんなの関係ない。イエスの国籍は天にあるはずでしょう」

「彼らの宗教ではそうだね」

「じゃ、あなたは自分をどう思うの。イスラエル人か、ポーランド人かしら？」

「ユダヤ人だよ」

「けっこうね。わたしもパレスチナ人よ。国籍は関係ないわ」

「そうか、聖地は天にあるのか。国家のものじゃない」

「祖国って、すてきな言葉ね。でも、もっと大切ななにかがあるはずよ。ショパンは、そこに到達したんじゃないかしら。少なくとも音楽では……」

ぼくらは、息がつまりそうになった。

フィラスティーンはショパンを弾きはじめた。重々しくピアノを鳴らしたかと思うと、天の啓示を受けるように幻想的だった。愛国心はときに独善になるが、彼女は、音楽の力で世界の壁を打ち壊そうとしている。

「音楽でしか通じあえないのかも」

「それでいいじゃない」

「それが、ぼくらの言葉だね」

フィラスティーンに聴いてもらおうと思い、自分のピアノを録音したＭＤをもっていた。

ショパンの曲だけを収めてあった。彼女はイヤホンをつけて、目をつぶった。

しばらく聴いてから、ふっと我に返った。

「あなたのタッチには心がある。細やかだし、なにより音が正直なの」

「ありがとう。ほめてもらえてよかった」

「あきらめちゃだめよ」

「なんだって？」

「これから死んだように生きるつもり？　ピアノが弾けないからって、音楽も終わりなの？　ここには、指揮や作曲のコースだってあるのよ」

うつむいたままで、握りしめた拳を見つめた。

フィラスティーンがいった。

「いつかあなたの指揮で、わたしがピアノを弾く。わたしたちの故郷でね。すてきじゃない？」

ぼくはふたたび、ひとりでワルシャワの街を歩いた。

ショパン音楽院のほど近くに、その大聖堂はあった。バロック様式の双塔に鐘がすえられた壮麗な建物も、つい半世紀前には灰燼（かいじん）に帰していた。ショパンを巡礼する旅の締めくくりにしようと、心の奥底に秘めた場所だった。

正面の階段の上に、十字架を背負ってよろめくイエスの像が見える。遥かエルサレムを思った。ヴィア・ドロローサ、イエスが処刑されたゴルゴダの丘へつづく悲しみの道だ。

開け放たれた正面の扉から入った。巨大な列柱が、天井の高い礼拝堂を支えている。奥まったところに黄金の祭壇があった。ぼくは、左側から二番目の柱の下で足をとめた。すり減った木のベンチに腰をおろし、柱にはめられた大理石の板を見あげた。墓碑銘が刻まれていた。この柱のなかの洞に、ショパンの心臓が埋葬されている。

柱の陰から、控えめな声が聞こえた。数人の高校生が、聖堂の歴史ガイドの説明に耳を傾けている。ぼくは、とぎれとぎれながらポーランド語の解説がわかった。

「ショパンの遺言で、取り出された心臓がここへ運ばれたのです。クリスタルの器に満たしたコニャックにひたされていると、伝わっています」

高校生がどよめいた。

「静粛に！」

と、ガイドが口に指を立てて注意している。

ショパンは一八四九年十月に死んだ。専制的なウィーン体制[19]が崩壊し、ヨーロッパは新たな動乱期を迎えていた。フランスの二月革命で共和制が復活し、あらゆる芸術が短い春を謳歌(おうか)した。時代のざわめきを聞きながら、ショパンは息を引きとった。

「どうやって、心臓を？」

「ショパンの姉がドレスのなかに隠して、パリから馬車でワルシャワへ向かったのです」

「なぜ、隠さなければいけないの？」

ガイドの声の調子が高くなった。

「ショパンの心臓が愛国心をかき立てるからです。支配者がそれを嫌ったのでしょう」

ショパンの数奇な運命は、死後もつづいた。

第二次世界大戦でナチスに占領されたあと、ショパンの心臓がもち出された。愛国心を恐れたナチスが略奪したか、ポーランドの愛国者が心臓を守ろうとしたらしい。没後百年たってなお、ショパンの心臓の魔力が信奉されていた。

礼拝堂に静けさが戻っていた。もとどおりに心臓が安置された柱を見あげた。

フィラスティーンの言葉が、ぼくの頭から離れなかった。

「これから、死んだように生きるの？」

と、彼女は聞いた。

首にかけた革袋のひもをはずした。生まれてからずっと、かたときも離さず身につけている。ぎこちない指でそっと、中身を開けた。父が手に入れた、ポーランドの碧玉だった。熟したプラムの色をしている。小鳥の卵ほどの石を手に握ると、温もりを感じた。

この聖堂を最後の巡礼地に決めたのは、ショパンの心臓のもとにこの碧玉を置いて、すべて忘れようと思っていたからだ。けれど、フィラスティーンはいった。

「あきらめてはだめよ」

投げ出しさえしなければ、未来はある。

フィラスティーンの弾いたショパンと、ワルシャワの街そのものが証しだった。音楽の力と、不屈の意志で、ぼくの打ち砕かれた精神と肉体の廃墟を復興するのだ。

ショパンの心臓が納められた柱の墓碑銘には、イエスの言葉が刻まれていた。

「あなたの宝のあるところに、あなたの心もある」[20]

ぼくはむろんユダヤ教徒だが、この意味をじっと考えた。パリからワルシャワへ運ばれたショパンの心臓、いやショパンの心のあるところとはどこなのか？

地上ではありえない。この碧玉のようにつややかな宝が、天にあるとしたら……。

ショパンの心臓が、いまぼくのなかで脈打っている。

胸の革袋のなかへ碧玉を戻した。まるで、魂を取り戻した人のようだった。

わたしの唯一の望み

二〇〇二年九月の物語

南フランスの青い山の連なりがうっすら見えた。アルジェのカスバ港から乗ったフェリーの手すりにもたれ、白く霞む海のかなたをただぼんやりと飽きもせずながめていた。ときおりよせる大波にあおられ、船は上下に揺れている。かすかに磯の匂いをはらんだ風がほおをなでて渡ってゆく。

やがてマルセイユの切り立った丘に建つ聖堂が、蜃気楼のごとく浮かびあがった。背の高い鐘塔の上には、金色のマリア像がすえられている。この古い港町を守護する〝ラ・ボンヌ・メール〟（やさしき聖母）である。

わたしは信心深くもないのに、胸の前に小さく十字を切った。荒天を乗り越えた漁師が感謝を捧げるように。雲間からさす夕日に照らされ、聖母像がまばゆい赤光にきらめいた。

「どうにか、ここまで……」

独り言が口をついた。

地獄の旅は、道なかばだった。西アフリカのガーナからサハラ砂漠を越え、アルジェリアにたどり着いたのがつい三日前。頭が混乱し、この身に起きたできごとが信じられない。

カモメがうるさく鳴いている。大型のフェリーはとうに減速して、美しい街並みに囲まれた入り江に近づいてゆく。そこに築かれた国際埠頭(ふとう)にゆっくり着岸した。

わたしは船室に戻り、寝台の柵に鎖で結んだアタッシェケースを確かめた。ゼロハリバートン製のアルミ合金ケースを三重にロックし、しっかり小脇に抱えて岸壁へおりた。一昼夜の航海のせいか、それとも緊張からだろうか、足が地につかない感触だった。

埠頭ターミナルの税関では、長い行列の最後尾に並んだ。アフリカからの旅客は、山のような荷物を両腕にぶらさげ、頭にも載せている。手荷物検査には時間がかかる。

わたしは辛抱強く待った。そのうち税関の係官も飽きるはず、それが狙いだ。案の定、フランス人の係官はあくびを噛みしめ、投げやりな様子になっている。

わたしの順番になった。アメリカ合衆国の紺色のパスポートを見せると、係官は開きもしないでぽんと返した。あごをしゃくって、

「なにか申告するものは？」

と聞いた。わたしの心臓は高鳴った。

「ダイヤモンドが少々」

「証明書は？」

上着の内ポケットから緑色の書類を取り出した。ダイヤの産地証明と売買契約書だ。書類に押されたガーナ政府の公印と金額を確かめ、税額を計算した紙をよこした。

「ボン・セジュール（よいご滞在を）」

アタッシェの中身を調べられずに通関できた。この偽造書類のおかげだった。

ヨットが係留されている埠頭を歩きながら、胸の奥まで深々と息を吸った。鼻の粘膜がつんとするほど乾いた砂漠と違い、じっとり重い空気がまとわりつく。

携帯電話の電波がようやくつながった。まっ先に連絡したのは、ボストンの病院だった。

「はい、イーストエンド・メディカルです」

明快な英語の声が聞こえた。こちらが午後四時だから、ボストンは午前十時になる。

「マイケル・アトキンズといいますが、母の容態に変わりありませんか？」

「ミセス・アトキンズのご家族ですね。ええ、大丈夫ですよ」

「病室につないでもらえませんか？」

「起きていらっしゃればよいのですが」

ちょっと考える様子で、看護師は電話を保留にした。三十秒ほど待ったであろうか。

「もしもし……」

か細い母の声だった。急に心配になった。

「母さん、変わりない？」

「まあ、坊や。わたしは平気よ。それより、あなたどこにいるの？」

「フランスですよ。会いに行けなくてごめんなさい」

「そんな遠くで、なにしているの？」

「いえ、ちょっと。大事な仕事があって」

「そうなの？　早くお戻りなさい。母さん、あなたを待っているから」

「わかったよ」

母の声を聞くときだけは、心が清められる気がする。母は、腎臓を患っていた。

わたしは幼いころに父を亡くし、母の手で育ててもらった。大学院へ進んでＭＢＡ（経営学修士）を取得し、優秀な成績で卒業できた。すぐに、ニューヨークでも一流の証券会社に就職したのだったが……。

今夜のうちに、パリに着かなくてはならない。

タクシーをひろって中心街のサン・シャルル駅まで急ぎ、一番早く乗れるTGV(テジェヴェ)のチケットを買った。その列車はもうホームに入っていて、そのまま飛び乗った。

二階のひとり掛けのシートに座った。アタッシェケースを膝の上に置き、取っ手に通したチェーンの端のハーネスをズボンの革ベルトに結びつけた。キオスクで買ったチーズサンドをほおばり、コーヒーを飲んで胃袋へ流しこんだ。ほっと、ため息がもれた。

TGVが静かに動きはじめたところで、携帯電話の着信音がかん高く鳴った。まわりの客が迷惑そうな表情を浮かべた。

「ミシェルか? もうマルセイユに着いたか?」

わたしは声をひそめて話した。

「いまから、そっちへ向かうところです」

電話の主は、ピエール・ディドという男である。横柄な態度で早口にしゃべる癖がある。わたしの名前はマイケルだが、いつもフランス風にミシェルと呼んだ。

「で、例のものは無事だろうな?」

「ええ」

「それならいい。明日、もってきてくれ」

自分の家の住所を伝えると、すぐに電話は切れた。

エクサン・プロヴァンスを通過するあたりで、TGVの警笛がフォーンと尾を引いて鳴ったのは覚えている。それから先は、悪い夢の泥沼に落ちていった――

「マイケル、またおまえか！　腰がふらついてるぞ！」

親方の罵声が浴びせかけられた。わたしは、まっ黄色に濁った沼に腰までつかって、泥を掘っては金属製のふるいにかけている。腐った汚泥の臭いが目にしみ、摂氏五十度の暑さと湿気で頭がもうろうとなる。

目の粘膜や口にたかる蠅を追い払うのは、とうにあきらめた。良質なダイヤを見つけなければ、あの親方からは解放されない。もう一カ月も、盗掘団と一緒に泥沼に入っている。

西アフリカのコートジボワール。前の大統領だったロベール・ゲイ将軍率いるゲリラが、二年近くも内戦をつづけていた。ゲイの部隊は、このところ北部のイスラム地域に攻勢をかけている。そこに手つかずのダイヤモンド鉱床があるからだ。

わたしはゲイが攻略した北東部の山中にいた。小川を堰きとめた沼の底をさらっては泥をこしとり、ダイヤの原石の粒を懸命に探し出すのである。

働かされている男たちは、だれも屈強な体軀だ。わたしのような腰高のやせぎすは、粘っこい泥に足を取られて身動きできなくなる。そのたびに、まわりの男に腕を引っ張ってもらった。作業が中断するから、親方からは激しく叱責された。

わたしはただひとりの白人だ。蠅や蚊だけでなく、蛭までが白い肌にたかる。血を吸いはじめると肌に張りついて離れなかった。無理やり引きはがせば皮膚がぺろりとめくれた。

「シィット（クソ）！」

と叫ぶたび、みんなが大きな声を立てて笑いころげた。

労働者のねぐらは、盗掘場の粗末な小屋だった。大雨がふって作業できない日は、密林から切り出した木材を細工して棺桶を作っている。このあたりの男たちの手内職であった。

屋根はあるが壁のないバラックだから、夜中に動きまわる動物の気配で目がさめた。ここにはライオンやジャガーはいないが、肉食獣の格闘や猿の不気味な遠ぼえが聞こえた。

正気を失いかけていたとき、ロベール・ゲイ将軍が盗掘場に現れた。

「おまえが、アメリカから連れてこられた奴隷か？」

取り巻き連中が、腹を抱えて笑った。

うなだれていると、ゲイがいった。

「ところで、よいダイヤは見つけられたかね？」

「いいえ、だめです。こんなのがやっとです」

小麦の粒ほどの原石をいくつか、手のひらに載せた。

「おまえがいつまでも、ここで泥さらいをしているのも困る。パリのピエールに、約束のものを届けてもらわねばならんのでな」

わたしは、ピエール・ディドに大きな借りがあった。それを返済するために、ここで奴隷のように働かされていた。わたしの命運は、ピエールとこのゲイに握られていた。

「さて、どうするかな？」

いかにも狡猾(こうかつ)そうな笑みを浮かべている。ぽんと手を打った。

「こうしよう。おまえの負債の支払いは、このダイヤひとつで足りるかな？」

そういって、親指ぐらいの楕円の原石を示した。石の表面はすりガラスのように曇っているが、カットして磨けば三カラットにはなる。ゲイが、わたしに指示を与えた。

「いいか、よく聞くんだ。この石は稀少なピンクダイヤだ。組織のために危ない橋を渡ってもらう報酬として、おまえに渡そう」

手持ち金庫の鍵を開けさせ、あと二つダイヤの原石をつかみ出した。それは赤ん坊の拳ほどもある大きな石だった。きわめて高額で取引されるのは明らかだ。

「ひとつは、ピエールへのわたしからの支払いにあてる。これならやつも満足だろう。あとひとつは、ヨーロッパの市場に流して売却してもらう。おまえは、その代金を足がつかないようにして、キプロス島の口座へユーロで送金しろ」

「マネー・ロンダリング（資金洗浄）ですか？」

「そうだ。泥さらいは下手だったが、マネー・ロンダリングなら得意だろ？」

取り巻き連中が金歯を見せてニヤついている。

わたしに〝ノン〟という選択肢はない。黙ってうなずいた。

「よし、それでいい。さっそく出発してもらおう。この男の指示に従え。いいな」

そういって、部下のひとりを指さした。

わたしは川で体を洗った。ブルックス・ブラザーズで仕立てたスーツを着て、ストライプ柄のワイシャツにネクタイを締めた。すぐにアルミ合金のアタッシェケースを抱え、その男にいわれるまま隣国のガーナへ密入国した。

ガーナでは、密輸組織の一味が待っていた。ガーナ産と偽った政府の証明書と、国営企業から購入したという偽造書類が用意された。ダイヤの質は最低ランクで、安価で売買される工業用と明記してあった。素人目には、ダイヤの品質はわかりにくかった。

それから、苦行がつづいた。

ガーナからブルキナファソ、マリへと北上した。ゲリラが割拠する危ない紛争地だ。マリのバマコで、ようやく飛行機に乗った。ぼろぼろの双発プロペラ機で、サハラ砂漠の上空をよれよれ飛んでアルジェにたどり着いた。

アルジェのカスバ港から船に乗るとき、ゲイの部下に脅された。

「これから先はひとりだが、おかしな気を起こすなよ。そのお宝をもち逃げしたら、組織のものがおまえを殺しに行く。必ず、見つけ出すからな」

だれかが、わたしの肩をぐっとつかんだように感じた。わたしをなんども呼んでいる。思わず、絶叫していた。

「殺さないでくれ！」

「ムッシュー、大丈夫ですか？」

わたしの肩を揺すっていたのは、女性の車掌であった。

はっと気づいた。アタッシェケースをまさぐったが、膝の上にない。まっ青になって腰のべルトに結んだ鎖をたぐった。アタッシェは、無造作に通路にころがっていた。

「終点のパリです。おりてください」

ＴＧＶはパリのリヨン駅に到着していた。

あわただしく、列車からホームへ飛び出した。駅前のターミナルでタクシーをひろって、パリ六区のサンジェルマン・デ・プレにあるホテルの名を告げた。

運転手はアフリカからの移民だった。ふり返った顔を見て驚いた。思わず震えた。

「お、おまえは……」

「どうかしましたか、ムッシュー？」

その男が、ダイヤ盗掘団の親方に似ている気がした。よく考えればわかるのに、わたしは、ゲイ将軍一味の影にすっかりおびえていた。

運転手は小首をかしげてアクセルをふかし、イルミネーションに輝く夜のセーヌ河畔を走り抜けた。鐘塔がそびえ建つ交差点のあたりでタクシーからおりた。

ナポレオン三世時代の建物をアパルトマンに改装した宿に、運よく空きがあった。二階の小部屋の窓を開けると、サンジェルマンの喧噪をまとった風が吹きこんだ。通りの向こうは知られたカフェで、夜も外のテーブル席でくつろぐ声が聞こえる。

排気ガスの臭い、車の騒音、酔っぱらいの叫びも、すべてが心地よかった。シャワーを頭から浴びて、毛穴まで染みついているコートジボワールの泥を石けんで洗い流した。裸のままベッドに倒れこみ、目覚めたときにはもう昼すぎだった。

アパルトマンの一階にある食材店モノプリで、焼きたてのクロワッサンと白ワインの小瓶を買い、サンジェルマン・デ・プレ教会の公園のベンチでゆったりと遅い朝食をとった。ようやく人心地がつき、集まった鳩にパンくずを与える余裕もできた。

ピエールとは、午後四時の約束である。尖塔の鐘が響いて刻を告げている。わたしは重い腰をあげて、セーヌ川へ向かってとぼとぼ歩いた。

左岸の堤防に古本屋が軒を連ねている。アタッシェケースの鎖を確かめた。それを右腕にくくりつけて錠前をかけてある。腕ごと切り落とさなければ、アタッシェは奪えない。このあたりには、スリや強盗が現れるから気が抜けなかった。

重い鎖をじゃらじゃらさせ、背中を丸めてご主人さまのもとへ向かった。わたしは、ピエールやゲイの奴隷ではない。この世の欲と富の奴隷なのだ。

中洲のシテ島へ渡って、観光客でごったがえすノートルダム大聖堂を通り抜けた。橋の向こうが、サン・ルイ島だ。富豪や文化人が暮らす一角に、ピエールの邸宅はあった。

シュリー橋のたもとであたりを見まわした。かつてロスチャイルド家が所有した、小さな宮殿ふうの建物はすぐにわかった。鉄門をくぐって、中庭へ通じる暗い道をたどった。

執事がわたしを迎えた。

「マイケル・アトキンズさまですね？」

「そうです」

「旦那さまがお待ちです。どうぞ」

先に立って、石の螺旋階段をのぼった。

「なにぶん古いお屋敷でエレベーターなどありませんので」

階段の吹き抜けに天窓の光がふりそそいでいる。執事がマホガニーのドアを開け、書斎へ案内した。天井までしつらえられた本棚に、古い革表紙のコレクションが並んでいる。

重厚な緋色のカーテンを吊した大きな窓から、対岸の屋根の重なりが遠望できた。シュリー橋の欄干にもたれて、川の流れに釣り糸を垂れる老人がいる。

ぼんやりしていると、ピエールの声が響いた。

「ミシェル！ よく戻ったな！」

黒いエナメルの靴を光らせ、ペルシャ絨毯を踏んで歩みよってくる。大げさな身ぶりで肩を抱いてほおをよせ、オペラ歌手のような満面の笑みを浮かべた。

「逃げたら殺すのでしょう？」

皮肉に聞こえたのか、ピエールはいつもの青白い鉄仮面に戻って、

「石を見せてもらおうか」

と、単刀直入にいった。

わたしは、アタッシェケースの鎖を解いて三重のロックをはずした。ポンと音がして上蓋が跳ねあがった。ウレタンのクッションにくるまれたダイヤの原石を三つ取り出して、なめし革を張った机の天板に並べた。

ピエールは一番大きなダイヤをつまみ、窓の光にすかしている。わたしは、かたずをのんで

見守った。机の引き出しから宝石用のルーペを取り出すと、頭にまわしかけた。こんどは椅子に座って、ひとつずつじっくり鑑定している。

「なかなかよい」

ルーペを頭上にスライドさせていった。

わたしは、ロベール・ゲイからの伝言を説明した。

「一番大きな石が、あなたへの支払いです。二番目の石は、ゲイ将軍の活動資金にあてるために売却してほしいそうです」

三つ目の小さなダイヤに目が釘づけになっている。

「このピンクダイヤは?」

「それは、わたしの報酬です」

「そんなものを受ける資格はあったかな?」

「いいえ。ですから、すべてをあなたに渡しました」

ピエールはしばらく考えていた。

「ロベールがそういったか。働かせている牛の口にくつわをはめるな、というが。まあいいだろう。きみにやってもらう仕事がまだあるからな」

ピエールが、わたしに提案した。このピンクダイヤを買い取って、妻のマリー・ジョルジュに贈りたいというのである。この石がたいそう気に入ったようだ。

マリー・ジョルジュは、〝ビジュ〟という愛称で呼ばれている。ビジュとは宝石の意味であった。ピエールは、宝石と同じように伴侶を愛していた。

「ビジュはたいそう喜ぶだろうな。一万ユーロでどうだ？」

聞かれるまでもない。わたしに、交渉する権利などなかった。

こんなはめになったのも、すべてはニューヨークでの先物取引の失敗のせいだ。

二〇〇一年九月十一日午前八時四十六分——

わたしは、マンハッタンのレノックスヒルにあるアパートでシャワーを浴びていた。目の前のセントラルパークで日課のジョギングをして、戻ったばかりだった。キングサイズのベッドには、恋人がシーツにくるまってまだ眠っていた。

高層階のしゃれた部屋で、バスルームごしに摩天楼をながめられる。空は青く晴れあがっていた。ロワー・マンハッタンの方角に、黒いきのこ雲が見えた。バスタオルを体に巻いてバルコニーに出た。けたたましくサイレンを鳴らし、消防車が何台も南へ殺到して行く。

あわててテレビをつけて事態を知った。国際テロ組織のアルカイダが、アメリカを攻撃[21]したのだ。旅客機がツインタワーへ突っこみ、炎上している。あのビルで働く友人の顔が浮かんだ。はっと気づいて、わたしはパソコンのモニターを凝視した。

ＷＴＩと呼ばれるテキサス産原油の先物指標が動いていない。ニューヨーク市場での取引がストップしている。モニターを切り替え、ロンドン市場をチェックした。有事の原油買いが殺到している。このぶんなら、明日の東京でも暴騰するだろう。

思わずにんまりした。ピエールから託された資金を、原油の先物に投じていたからだ。

ピエールは、鼻のきく武器商人だ。ケニアやタンザニアのアメリカ大使館で爆破テロがあいついだ数年前から、大きな戦争の到来を予想した。戦場が中東になるとみて、親フランスのアラブの国々への武器輸出を仲介していた。

とくにカタールの王族とは親密で、口ききの見返りに法外なリベートを取って巨富を手中にした。〝エクラン（宝石箱）〟という名のペーパー・カンパニーをケイマン諸島に設立し、ウォール街でも有数の証券会社に資産運用を任せていた。

わたしは金融プランナーで、ピエールの担当を命じられていた。原油先物への投機は、ピエールの思いつきだ。戦争になれば供給がひっ迫するに違いないといった。

ピエールは強気だった。ひとつの商品に賭けるのは危険だからゴールドやほかにも配分しようと提案しても、聞く耳をもたなかった。一発屋で世渡りする男だった。

ニューヨークのテロで暴騰した各国原油の指標を確認して、わたしは強気になった。ツインタワーに近いウォール街は大混乱だったから、自宅からロンドンと東京の支店へ連絡し、先物買いを大きく積みあげるよう指示していた。

ところが……。

相場は長くもたなかった。ロンドンや東京で一転してさがりはじめた。ようやく再開したニューヨークでも、大崩れを演じていた。頭がしびれて血の気が引いた。すぐにも手を打たなければならない。決済には上司の承認が必要だから、ウォール街へ自転車で走った。

会社のあたりまで、がれきや粉じんで埋もれていた。ニューヨーク市警の連中は、がんとして道を通してくれない。わたしは天を仰いで、大声をあげた。

「行かせてくれ。破産してしまう！」

狭い路地裏をたどって、ようやく裏口に着いた。非常用電源で動いている端末に、ピエール
の顧客コードとパスワードを急いで打ちこむ。画面が開いた。

「ガッシュ！」

両手で頭を抱え、ありったけの汚い言葉を吐きつづけた。ピエールの資産の半分が吹き飛ん
でいた。まっ暗なオフィスで液晶だけが青白く発光し、同僚の顔を不気味に照らした。

「マイケル、これは事故だ。顧客もわかってくれるさ。アルカイダが売り抜けたんだよ」

ひとりの男が、まことしやかにいった。

「テロだけじゃなく、先物取引で利益をあげていたって？うそだろう」

許せないと思った。拳を握りしめ、皮膚がはがれて血のにじむまで机を殴りつけていた。

ピエールは、手のひらを返したように冷酷になった。

「おまえを告発して、刑務所にぶちこんでやる！賠償を請求するぞ」

そういって脅した。テロの直後、ピエールの許可なしにロンドンと東京で先物を買ったこと
に怒っていた。あのとき、ぜったいに大儲けできると確信したのだが……。

すぐにパリへ飛んだ。ピエールに事情を説明すると、意外な提案をした。

「ミシェル、きみは解雇されるだろうな。わたしの仕事を引き受ける気はないかね？」

「なんでしょう？」

「コートジボワールに、わたしの盟友がいる。せっかく大統領になれたのに、政敵に追われてしまった。それで、いまはゲリラを指揮している。いや、テロリストとは違うぞ。我が国のような自由と平等のために戦っているんだ」

「あなたが、武器を援助しているので？」

「勘がいいな。内戦がひどくなって、やつは思うように資金を調達できない。それで、稀少なダイヤモンドで支払いたいという。きみ、それを運んでくれないか」

「運び屋ですか」

ピエールは冷酷な顔をしている。せせら笑っていった。

「しばらくは、そこでダイヤを探したらどうだね？」

「わたしが……」

「そうだ。違法に大損させた埋めあわせになるだろうよ」

その盟友がロベール・ゲイだった。パリのサン・シール士官学校の同期で、ふたりとも脂ののった六十がらみの年齢である。わたしは、運び屋になるほかなかった――

ピエールがソファから立った。肩をぽんとたたいて、親しげなそぶりをした。

「これでビジネスの話は終わりだ。できるだけ早くイスラエルへ向かってくれ。腕の立つ宝石商がいる。その男に任せれば、すべてうまく運ぶ」

「イスラエルですね」

ピエールはうなずいている。

「ミシェル、きみに妻のビジュを紹介しよう。祝杯をあげようじゃないか」

執事を呼んで、酒の用意をするよう指示した。

二階へおりたら、ピアノの音が聞こえた。豪華客船のホールのようなアーチ天井を見あげると、ルイ王朝時代のシャルル・ルブランのフレスコ画が描かれている。壁は、フランドル派の暗い色調の絵画で埋めつくされていた。

ピアノを鳴らしていたのは、ビジュだった。セーヌ川へ突き出た広い窓辺で、サティの曲を奏でている。ピエールが、ビジュに紹介した。彼女は透きとおった声で、

「初めまして」

といった。

「お目にかかれて光栄です、ディド夫人。ジムノペディをお弾きですね？」

「あら、この曲をごぞんじなの」

「母が好きで、いまも病室で聞いています」

「お気の毒に、ご病気ですの？」

ビジュは、ピエールと釣りあわないほど若く見える。三十代だろう。上品にウェーブさせた栗色の髪を、紫のアメシストが散りばめられたバンドでとめている。さし出された手の指には、濃いルビーが妖しく光っていた。

ピエールは気にくわない顔である。

「サティかね。あれは共産主義者だろう？」

「知らないわ。お嫌なら、ほかの曲を弾きましょう。マイケル、ショパンはお好きかしら？　彼は、ここでも演奏していたのよ」

この邸宅には、パリに暮らしたショパンがたびたび訪れていた。ロシアに踏みにじられたポーランドの貴族が手に入れ、亡命政府の拠点にしたからだ。

ピエールは、ビジュにピンクダイヤを見せたくてしかたない。

「おまえへの贈り物だよ。原石だが、好みどおりにカットして仕立てさせよう」

ビジュは、その石を手のひらに載せた。

「なんて淡い色なの」

静かに吐息をもらした。ピエールは目を細めてうなずいている。

よく磨かれたバカラのシャンパングラスを三つ載せた銀の皿が運ばれた。執事は、白いクロスでゆっくりボトルをひねって栓を抜いた。

ビジュはピアノの椅子にかけたまま、シャンパンを手にした。湧き立つ細かな泡を、シャンデリアの光が虹色に輝かせている。ピエールはピアノに右肘を置き、軽くグラスをかかげた。

「わたしの宝石に、乾杯！」

ピエールがビジュに聞いた。

「そのダイヤで、どんなアクセサリーをお望みかな？」

「そうね」

ビジュが、ぱっと晴れやかな表情を浮かべた。

「クリュニー美術館のタピスリー。なんていう名だったかしら、美しい宝石の柄が織られているのよ。あなた、覚えていらっしゃらない？」

ピエールは首をかしげたままだ。わたしが助け船を出した。

「ネットで調べますよ。確かめてから、イスラエルの宝石商に指示しますから」

「まあ、あなたが？　でも、ネットじゃだめ。本物でないと印象をつかめないわ」

「なら、こうしよう。ミシェルと一緒にそのタピスリーを見に行けばよい。いいね？」

ピエールがわたしにいった。

「かまわない？」

「もちろん、喜んでお供します」

わたしたちは、パリ五区のソルボンヌ大学のそばの美術館で会う約束をした。

サン・ルイ島からの帰り道に、サンジェルマン・デ・プレの地下鉄駅を駆けあがって、ふたたび教会の公園へ出た。ベンチに座って、アタッシュケースを膝の間に抱えた。

国際通話の番号を押して、携帯電話を耳にあてた。

「イーストエンド・メディカルです」

聞き覚えのある声がした。前に話した看護師だった。

「マイケル・アトキンズですが、母をお願いします」

看護師の声が曇った。ためらう気配がある。

「あの……。今日は、お母さまの容態があまりよくなくて、お話できるかどうかわかりませんんが。病室につきそいのスタッフがいますので、聞いてみますね」

電話が保留され、すぐに別の看護師にかわった。

「アトキンズさん、あまり長く話すと患者さんのお体にさわりますので」

「ほんの短い間だけですから」

そう頼むと、電話口から懐かしい母の声がした。

「まあ坊や、まだフランスにいるの？ いつになったら帰るの」

「いまの仕事を終えたら、すぐに会いに行きますよ」

「それはよかった。どんな仕事か知らないけれど、あなたなら立派にやれるわ。わたしの自慢の坊やなんですもの」

「母さん……」

「体がだるいから切るわね。おやすみ」

通話が終わっても、母の鼓動を確かめるようにツーツーと鳴る発信音を聞いていた。

わたしの母は、腎臓の透析をしても経過が思わしくなかった。主治医から生体移植を勧められたが、母は拒んだ。すでに腎不全が進んで、末期の病状であった。

とにかく早くやっかいな仕事を片づけて、すぐにもボストンへ飛んで戻りたかった。

翌日、サンジェルマン大通りを歩いて、瀟洒（しょうしゃ）なメゾンが並ぶ一角にあるクリュニー美術館へ向かった。石積みの壁に囲われた十五世紀の修道院である。堅牢な門をくぐって、要塞ふうの塔を見あげた。庭の井戸の前で、ビジュを待った。

少し遅れて現れたビジュは、昨日の絹のドレスとうって変わって、レモンイエローのワンピース姿だった。三連の真珠のネックレスが胸もとを飾っている。

「お待たせ。うまく駐車できなくて」

「すてきな場所ですね」

「そうでしょう。パリで一番好きなところよ」

わたしの右腕に手をまわして、エントランスから入った。

警備員に声をかけられた。

「ムッシュー、そのアタッシェをこちらへ預けてください」

「これは大切なもので、手放せないのですが」

いぶかしげな目線が、右腕に巻いた細い鎖にそそがれた。

「それは？」

ビジュの瞳がいたずらっぽく輝いた。貴婦人の風格でいった。

「わたしたちの趣味ですの」

「ウィ、マダム」

ちょっとウィンクして、警備員は探知器のゲートを通してくれた。

ビジュは通い慣れているようだ。ローマ遺跡の広間を抜けて二階へあがり、うす暗い展示室にたどり着いた。壁一面にぐるっと、大きなタピスリーが吊されている。ペルシャ絨毯に似た綴(つづ)れ織りの壁飾りで、十六世紀ごろのものだった。

タピスリーは六張りあった。それぞれにあでやかな貴婦人の姿が織られ、なにかをほのめかすしぐさをしている。花が咲いて動物が遊び、華麗な楽園を描いた絵巻である。

ビジュがふり返っていった。

「すてきでしょう？」

彼女が立ちどまったのは、花輪を編む若い貴婦人の前だった。

説明板に〝嗅覚〟と書いてある。タピスリーには、味覚、聴覚、視覚など人間の五感を示すタイトルがつけられていた。その貴婦人は、花かごから色とりどりのナデシコをつまんで、甘い香りにうっとり陶酔している。

わたしは聞いた。

「これですか？」

「そうよ。花輪を作ってほしいの」

「花輪ですって。ほかにも豪華な装飾があるのでは？」

貴婦人は、スターサファイヤとルビーをはめこんだ金の腕輪を両腕にはめている。紫のアメシストをバックルにしたベルトも巻いていた。ほかにも宝石の数々が全身を飾っていた。

「たいがいもっているのよ」

ビジュは、さらりといった。

「その花輪を、どのように細工すれば？」

「そうね……」

ほっそりしたあごに指をあてている。

「首飾りにするわ」

手帳を出して、その言葉をメモした。

「サイズはいかがしましょうか？」

「これ、もっていってちょうだい。はずしてくださる？」

胸もとの豪華な真珠のネックレスを指さし、わたしのほうに背中を向けた。

それからビジュは、もう一枚のタピスリーの前に立った。作品のタイトルは、〝わたしの唯一の望み〟であった。その場所にたたずみ、謎のような問いをつぶやいた。

「ねえマイケル。これ、どう思う？」

「と、いいますと？」

「この人、なにをしているのかしら」

そこに織りこまれた貴婦人は、大きな宝石箱を侍女に開けさせ、目もくらむ宝石で飾られた装身具を白い布にくるんで手にもっている。

「宝石箱から、取り出しているのでしょう」

「そう思う？」

「腕輪もブローチもほかのアクセサリーはすべて身につけて、あとは首飾りの装い方を迷っているのでは」

「そうかしら……」

ビジュは、腑に落ちない表情だった。

わたしはボストンの病院にいる母の容態が頭から離れなかった。これでビジュの相手は終わりにしようと、そそくさと階下へ向かった。

ビジュの足音がとまった。

「どうかしましたか?」

「いえ、ちょっと気になったの」

それは、マグダラのマリアの古い木像であった。

イエスの復活に最初に立ち会った女性だ。自分の罪を悔い改め、イエスの足に香油を塗って長く伸ばした髪でぬぐったと、聖書に伝えられている。

「すてきな像ね。わたしの罪も許される気がする」

「えっ?」

「こんなに贅沢をして気が引けるわ。あなたは、どう思っているの?」

胸がきりきり痛んだ。このわたしこそ、現代の罪人なのだ。資金洗浄の悪事に加担し、母をないがしろにしている。だが、わたしに悔い改めている余裕はない。たとえ神が許しても、ロベール・ゲイは決して許してくれないだろう。

ビジュは、外に駐車したシトロエンに乗って走り去った。

灰色の雲が厚く垂れこめ、わたしの足どりは重かった。歩きながら電話をかけた。昨日の母の元気のない声を聞いて、心配になっていた。

「アトキンズですが、母をお願いします」

いつもの看護師の声が沈んでいる。なぜか胸騒ぎがした。

「お待ちください」

しばらく保留になって、年配の落ち着いた医師にかわった。

「院長のジェームス・ハティントンです。お気の毒ですが、お母さまは、今朝がた息を引き取られました」

「なんですって！」

「亡くなられたのです」

頭が空っぽになった。街の景色も音も匂いも、すべてが蒸発した気分だ。足がもつれて倒れそうになって、歩道の広告塔にもたれかかった。

「死ぬなんてありえない。母さんは、待っているといったのに……」

「心から同情します」

ハティントン院長は、母が急な発作に襲われたといった。本人の意思に従って、延命するだけの治療は行われなかった。医師と看護師に看取られて、天へ旅立った。

「母は、なにかいい残しましたか？」

ハティントン院長は、死の枕辺で託された重い言葉を口にした。

「最期に〝わたしの望み〟とおっしゃいました」

遠くモンマルトルの丘のあたりが白く光った。雷鳴がとどろき、雨があたった。わたしは、パリにある古代ローマの円形闘技場〝アレーヌ・ド・リュテス〟にきて、虚ろな心のままで階段にうずくまった。

　幼いころに暮らしたペンシルベニアの丘を思い浮かべた。ピクニックによく出かけたところだ。ヤンキースのロゴを縫った帽子をかぶり、父とキャッチボールをした。柔らかな芝生に座った母が、いつもほほ笑んでながめていた。

　ペンシルベニアのリトルリーグでプレーしたかったけれど、夢はかなわなかった。十歳のときに父を交通事故で失ったからだ。いま母を亡くして、わたしひとりだけが残った。

「母さん、父さん！」

　天に向かって叫んだ。ふっと雨がとぎれ、だれかがわたしの頭上に傘をさしかけた。うしろをふり返ると、ビジュが立っていた。

「マイケル、どうしたの？」

「あなたこそ、なぜここに？」

「座ってもいいかしら」

といって、ビジュは隣に腰をおろした。ずぶ濡れのわたしの髪をハンカチでぬぐっている。

「母が天に召されました」

「なんてこと！　かわいそうな人」

　亜麻色の目が潤んだ。雨のふる古代遺跡に、しばらく沈黙の時間が流れた。

「これからどうするの。帰るのでしょう？」

「いいえ、仕事があるので」

「なぜ？　わたしの首飾りならもういいのよ」

「そうではなくて、逃げたと思われるから。組織のものに殺されます」

「なんですって？　さっぱりわからないわ」

「知らないのですか」

ビジュは、夫のピエールからなにも聞かされていなかった。わたしは納得した。そうでなければ、ビジュがこれほど無垢(むく)でいられるはずがない。

「よかったら、話してくださらない」

言葉が口をついた。

「ピエールは武器商人なのです。わたしは運び屋です。代金のかわりに、ブラッド・ダイヤモンドの闇取引をさせられています」

「ブラッド・ダイヤ？」

ビジュは、わたしのアタッシェケースをじっと見ている。

「これです。盗掘したダイヤを闇ルートで売り払って、その代金で武器を買う。テロや戦争の資金になるんです。人間の血で贖(あがな)われるダイヤです」

「わたしが身につけている宝石は、人を殺すために売られたものなの？」

「おそらく。そのルビーひとつでも、数百人、いや数千人が死んだでしょう」

指輪をつけた手が震えている。ピジョン・ブラッド（鳩の血）という稀少なルビーだった。

「これは、人間の血の色だったの……」

声の張りが失われ、ビジュは取りとめのない独白をした。

「わたしは捨て子なのよ。両親は、修道院の寄宿舎にわたしを預けてどこかへ消えた。学校を終えて、パリの宝石店で働きはじめたとき、ピエールに見そめられたの。彼は四度目の結婚だったけれど、わたしはなんにも知らない娘だった」

「ピエールは、あなたを大事にしているじゃありませんか」

「でも、不安になる。秘密の多い人だから。わたしも、このアレーヌで考えごとをするのよ」

「あなたには、なんの責任もありませんよ」

「そうなのかしら？」

ビジュは、いまは三十代になっている。ダイヤの来歴はまったく知らなくとも、ピエールの裏の顔を恐れていた。ビジュが唐突にいった。

「あなた、恋人は？」

「とうに別れました」

「ふたりで逃げましょうか？　世界のどこかに、希望があるはずでしょう？」

遙か遠くを見るまなざしだった。

わたしに残された最後の希望は、母が生きていることだった。その望みは消えた。

死のまぎわに口にした〝わたしの望み〟とは、いったいなんだろう。わたしたちの心の闇を鞭打つように、鋭い稲妻が銀色にきらめいて黒雲を切り裂いた。

カラット天秤

二〇〇二年十月の物語

エルサレムの東にひときわ高くそびえる石垣が、夕日の陰影を映している。見あげれば、遙か上にある神殿の丘が、光を浴びて金色にまぶしく輝いていた。

わたしは、ユダヤ教徒の祈りの聖地〝嘆きの壁〟の前に立ち、たっぷり時間をかけて祈禱を終えた。そろそろ日没が気になる。午後三時には、陽の陰る季節になった。

今日は金曜日、ユダヤ教の安息日シャバットが晩からはじまる。

うす暗い石のトンネルを抜けて、狭い路地を十分ほど歩く。ここでは、イスラエル軍の若い兵士が銃を背負って、あたりに目を光らせている。わたしは、

「シャバット・シャローム（平和な安息日を）」

と、声をかけた。

城壁に囲まれた旧市街には、イスラム教徒の暮らす地区があるためだ。十字架を背負ってイエスが歩いたヴィア・ドロローサ（悲しみの道）と交わる界隈である。

巡礼者に土産物を売りつける客引きで騒がしい小径も、イスラム教の金曜礼拝の日は静かだった。石造りの長屋がひしめき、香を含んだ湿気が漂う一角で、足がとまった。

バイオリンの細い音色が、古代迷宮の片隅から聞こえる。しばらく耳を澄ませた。この場所に似つかわしくない曲、J・S・バッハの〝パルティータ〟だ。弓づかいがたどたどしく音が震えるから、子どもが練習しているのであろう。

「ははーん、アリだな」

思わず、わたしのほおがゆるんだ。

金曜日でも、ただ一軒だけひっそり営業しているパレスチナ料理の店がある。ヒヨコ豆を煮るほっこりした匂いが、路地まで漂う。わたしは、郷土料理のフムス（豆のパテ）に目がない。ちょうど小腹のすく時刻だった。

「あら、ハティクバじゃないの。いらっしゃい」

奥の椅子にかけた女主人が手招きした。その隣で、息子がバイオリンを弾いていた。

「フムスはすぐにできるかい？」

「大丈夫よ。できたてを食べてちょうだいな」

女主人はラニアといった。パレスチナ人でも宗教はアルメニア正教、つまりキリスト教徒だった。わたしよりひとまわり年下の四十歳ぐらいだろう。夫は行方知れずで、息子のアリと暮らしている。ひとりで店を切りまわし、フムスが評判を呼んで繁盛している。

アリは八歳になる。やんちゃざかりに、バイオリンの稽古をするなんて感心だった。

「どう、上達したかな？」

「まあまあ」

「しっかり練習するんだよ。努力すれば、音楽家にだってなれる」

そんなつぶやきは、アリにはまだ理解できない。

わたしのひとり息子、ヤハロームを思い浮かべた。息子はいま、ポーランドを旅している。この春まで兵役に就き、ヨルダン川西岸で事故を起こして大けがをしていた。

思い出せば、いまいましい気分になる。ヤハロームには音楽の才能があった。幼いころからピアノを習わせ、エルサレムの音楽院に進学させた。将来を嘱望していた。

それが、パレスチナの子どもに挑発され、ブルドーザーを横転させるなんて。病院にかつぎこまれたヤハロームを叱責したら、息子は寂しそうな表情を浮かべた。お人好しな性格は、十年前に亡くしたあの子の母親にそっくりだ。

両手の指が麻痺して、ヤハロームは音楽家の夢をあきらめた。いや、理由はそれだけではなかったのかもしれないが……。

「父さん。ぼくにはもう、音楽を奏でる資格はない」

息子は、不可解な言葉を残して旅に出た。

挽きたてのヒヨコ豆の香りが、ぷーんと鼻をくすぐる。オリーブ油をからめて練ったばかりのフムスを、ラニアがテーブルに置いた。

「さあ、召しあがれ！　これが元祖パレスチナの味よ」

ラニアのいう〝元祖〟は認めないが、なにしろここのフムスは絶品だ。ほどよくつぶした豆はまろやかで、白胡麻の甘みが混ざって舌にとろける。香辛料のきいたレモンソースが鼻腔をくすぐって、この世の愁いを忘れさせてくれた。

クリーム状のフムスをスプーンですくっては食べ、黙々と舌鼓を打った。ラニアは、満足そうな笑みを浮かべている。

「どう？　パレスチナの味つけが一番でしょう」

「ユダヤ人のフムスだって負けてないぞ」

「そうかしら？」

「うーん。でも、あんたのフムスは最高だよ。くやしいけれど、それは認めよう」

「うれしいわね」

ラニアはくすくす笑った。シバの女王のように黒く引いたアイラインがまぶしかった。

フムスこそ、ユダヤ人もパレスチナ人も認める郷土の味だ。紀元前までさかのぼって、元祖はどちらかという論争がある。だが味くらべとなれば、ラニアにはかなわなかった。

ひと皿平らげてしまった。

「アリはずいぶん熱心だね」

「ええ、学校のない日はずっと弾いているわ」

「だけど、近所の子と遊びたい歳ごろじゃないかね？」

パレスチナ人の男の子には、迷路のようなエルサレム旧市街が遊び場だった。大人も知らない抜け道を見つけて、鬼ごっこをして駆けまわっている。

「あの子は、体が弱いので」

「えっ？」

「無理できなくてね」

東エルサレムの病院で精密検査を受けさせ、もうじき結果がわかるという。

「そうだったのかい」

わたしはアリの頭をやさしくなでた。ラニアが時計を見ている。

「ハティクバ、もう少しでシャバットだよ。早く、お帰りなさいな」

はっとした。日没までに、片づけなければならない商談がひとつあった。

「これからアメリカ人と会うが、最近の若者は安息日も知らんのかね。どうしても今日でないとだめだ、というのだよ」

ラニアの店をあとにして、ヴィア・ドロローサを小走りに登った。聖墳墓教会の狭い小路を抜け、ヤッフォ門から外へ出た。ふり返ると、ほのかな紅をおびたエルサレム石で築かれた迷宮の街が、燃えあがる松明（たいまつ）の色に染まっていた。

そこから、わたしの宝石店が入るキング・ヘロデホテルまではすぐだった。高級ブティックが並ぶ二階のモールへあがり、店の格子扉を開けた。テーブルを片づけて客を待った。

そのアメリカ人はすぐに現れた。ひょろりと背が高く、細身のダークスーツを着て、ストライプ柄のシャツに地味なネクタイを締めている。

「初めまして、マイケル・アトキンズです」

かなり使いこんだアルミ合金のアタッシェケースをぶらさげていた。まだ若そうなのに、くたびれきった様子である。わたしは、ソファを勧めた。

ユダヤ教の習慣を理解しないものは信用できないが、パリのピエール・ディドの使いというから、むげにはできない。ピエールは大事な取引先だった。

「それで、ご用件は？」

「これです」

といって、マイケルはアタッシェケースを開いた。

「なんと。めったにない原石ですな」

「ダイヤは三つです。ひとつはピエール・ディドのもの。もうひとつは、さる国の将軍から預かっています。よい買い手を見つけて、売却してもらいたいのです」

　わたしは、やり手の宝石商の顔つきになった。ルーペで石をじっくり観察した。

　おもむろに立って、カラット天秤（てんびん）を手にもった。ダイヤの重さを計る道具である。先祖がワルシャワで宝石店を営んだころから、ずっと大切にしている。この天秤をぴったり釣りあわせるのは、わたしに授かった天性の勘だった。

　天秤の純銀の皿の片方に、原石を置いた。他方の皿に、分銅をいくつかピンセットでつまんで載せた。重さは十カラット、二グラムある。透明度も高く、精密にカットさえすれば、かなりの高額で売買されるのは疑いなかった。

「そちらのピンクダイヤは？」

「ディド夫人のものです。ビジュはごぞんじですね？」

　わたしはうなずいた。ビジュといえばたいそうな宝石愛好家で、この店でも高価な宝飾品を買っていた。夫人のダイヤなら、加工の依頼であろうと思った。

「天然ものですな。アフリカ産はとくに稀少ですぞ」

「さすがに目利きですね。ディド夫人は、このような首飾りにしてほしいと」

　マイケルは、封筒から数枚の写真を取り出した。それは、どこかの美術館で撮影された綴れ織りのタピスリーであった。

「どれどれ。この貴婦人が身につけている飾りですか？」

「いいえ。その貴婦人が手で編んでいる花輪です」

この花輪に見立てて、ピンクダイヤをあしらえという。いかにもビジュらしい、なんと奔放（ほんぽう）な発想であろうかと、わたしは感心した。

「デザインは？」

「夫人からは、なにも指示されていません。あなたにお任せすると」

わたしの脳裏に、早くもいくつかのデッサンが浮かんでいた。神秘的で精神性の高いものでなければいけない。ディド夫人にふさわしく、気品あふれる首飾りにしたい。

マイケルは、くたびれた口調でいった。

「ピエールと将軍のダイヤは、できるだけ早く売却を決めてください。ディド夫人の首飾りも十日ぐらいで作ってもらえませんか？」

「ずいぶんお急ぎで」

「ええ、まあ」

「かしこまりました。土曜の日没までは、わたしたちのシャバットです。仕事は一切できませんので、明後日の晩にあなたの滞在先へうかがいます」

「けっこうですね」

マイケルは安堵（あんど）し、白い歯を見せて笑った。わたしは念のため聞いた。

「日曜はキリスト教の安息日ですが、よろしいですかな？」

マイケルは笑顔でうなずいた。子どものころに教会学校へ通ったきり、日曜日に礼拝などしていないという。

「では、アメリカン・コロニーでお待ちします」

そういって、マイケルは去った。預かったダイヤを金庫にしまい、鉄格子の二重扉に鍵をかけた。わたしはようやく、ホテルの向かいにあるマンションへ戻った。

日曜の朝には、日課にしている祈りを捧げに〝嘆きの壁〟へ出かけた。

壁の石積みだけで二十メートルの高さがあり、地下にも埋まっている。紀元前にヘロデ王[22]が築いた神殿の石垣だった。この上を神殿の丘というが、神殿はローマ時代に破壊されてしまい、金と銀のふたつのドーム屋根のイスラム寺院が建っている。

わたしたちは、失われた神殿の再興のため、幾世紀もここで祈りつづけている。右派のシャロン首相が、初めて神殿の丘へ踏み入ったときには感激した。千人の兵士を引き連れてイスラム寺院の前に立ち、「ここはイスラエルの聖地だ」と宣言してくれた。

だがそれから、パレスチナ人のインティファーダが繰り返されている。家の近所のカフェでも、市場でも、バスのなかでも、自爆テロが日常の光景になってしまった。それも、息子のヤハロームと同じ年ごろの若者たちが、爆弾を抱えて自殺していた。

「アッラーフ、アクバル！」

神殿の丘で、イスラム教のアザーンの声がスピーカーから流れた。朗々と、空高くこだましてアッラーの神は偉大なりと祈りを呼びかけている。雑念をふり払い、壁にほおずりした。

嘆きの壁は、こうして額をすりつけ、口づけをし、すっかり丸く磨かれている。トーラーの巻物を朗読するラビのまわりで、敬虔なユダヤ人が頭を垂れている。

「イスラエルよ聞け。我らの神、主は唯一の主である」

わたしも信仰告白を唱和して、心が澄み渡った。

いつものように、ラニアの店の前を通った。近所のアルメニア教会の礼拝へ行って留守なのだろう、入口のシャッターがおりている。小さな張り紙に、ふと目がとまった。

「三日間、閉店します」

ラニアが三日も休んだことはなかった。小首をかしげて通りすぎた。イスラム教徒とキリスト教徒が混住するあたりを抜けて、北のダマスカス門から表通りへ出た。

マイケルが滞在するアメリカン・コロニーへは、ここから近い。トルコの太守の邸宅だった建物で、アメリカ人の手に渡った小さなホテルだ。門をくぐると、オリーブがたくさん実をつけ、白やピンクのサフランが咲き乱れていた。

レストランの奥にあるバーで待った。酒はたしなまないが、昼間のバーなら静かだ。イスラム建築のアーチ天井の下で、中庭のナツメヤシが優雅にそよぐのをながめていた。

「やあどうも」

マイケルが上の階からおりてきた。

あい変わらずくたびれた顔をしている。眉間のしわが険しくなって、いっそう深刻そうだ。

「いかがですかな、エルサレムは？」

「テロが怖くて出かけられないのです。この庭を散策したり、プールで泳いだりで」

「それはもったいない。テロなど、交通事故よりも確率が低いのです」

マイケルは当惑している。

「ダイヤの件は、どうなりましたか？」

「はい、このとおりです」

わたしは、二通の封筒をテーブルに置いた。ダイヤの鑑定額が記されている。マイケルは、書類を手に取って食い入った。それぞれ二百五十万シェケル（一億円）である。

納得の表情を浮かべた。

「かなりの額ですね」

戦争やテロのせいで、金やプラチナ、ダイヤの価格が上昇していた。

「ご満足いただけましたか？」

「ピエールも喜ぶでしょう」

「それに、お知りあいの将軍も？」

マイケルはどきっとした。気を取り直して聞いた。

「ディド夫人の注文は、いかがでしょう？」

「ちゃんと考えましたよ。ご覧いただけますか」

モザイク柄のテーブルの上に、手書きのデッサン画を広げて見せた。

「これは」

マイケルが息をのんだ。

「おわかりですかな？　モーセの時代に祭司がつけた胸飾りがモチーフです」

モーセは、古代イスラエルの英雄だ。エジプトにとらわれていた同胞を引き連れ、数々の奇跡を起こしながらファラオの軍勢から逃れ、約束された土地へ旅をつづけた。

その首飾りは、十二種の宝石が花輪のように連なっている。ルビー、水晶、サファイア、ラピスラズリ……。それぞれ、モーセが率いた民族を象徴する石である。ピンクダイヤは、ヤハロームと呼ばれる碧玉のかわりにまんなかに置かれる。

「美しい。じつにみごとです」

「気に入ってもらえたようですな。ではさっそく、この首飾りを制作しましょう」

「それが、その」

マイケルは口ごもっている。

「なんです？」

「じつは、ディド夫人が家を出たそうで」

「はっ？」

「急に尼僧になるといって、ブルゴーニュの修道院へ入ってしまったのです。電話がありまして、あのピンクダイヤはもういらなくなったから、と」

わたしはすっかり混乱した。ディド夫人とは知らない仲ではない。ビジュという愛称のとおり、あの夫人の宝石にそそぐ情熱といったら並大抵ではなかった。

「まさか?」

「そのまさかです」

「いったい、なにがあったのですか」

マイケルは長いため息をついた。そして、ある美術品にまつわる話を切り出した。

「パリのクリュニー美術館はごぞんじで?　そこに中世のタピスリーがありまして。そのなかの一枚が、どうやらディド夫人の出家の原因らしいのです」

わたしは気がついた。マイケルから見せられた写真の貴婦人は、その美術館のタピスリーの一部だ。美術品のせいで尼になるとは、どういうわけか。

「ますます、解せませんな」

グラスの水をひと口含んで、マイケルがかいつまんで説明した。

ディド夫人と連れ立ってクリュニー美術館へ行ったとき——。そこに、夫人が強い関心をよせるタピスリーがあった。〝わたしの唯一の望み〟という不思議な画題だった。

貴婦人は、宝石を布にくるんで手にしている。ディド夫人が、

「宝石を身につけようとしているの?　それともはずしているの?」

と、聞いたそうだ。マイケルがいった。

「昨日の電話で、ディド夫人は興奮していました。『あの貴婦人は、宝石をすべてかたづけるところなの!』とおっしゃられて」

「ほほう。清算するという意味なので？」

「そのとおり。財産だけじゃなく、人生のなにもかもを捨てる覚悟です」

「ピエールも？」

不謹慎ではあったが、わたしは思わず笑った。

「おかしいですか？」

「これは失礼。金持ちの気まぐれじゃありませんかな」

「うーん、どうでしょうね」

「それとも、ほかに深いわけでも？」

わたしは不審に思った。マイケルはなにかにおびえている。観念した顔つきになって、腹によどんでいる汚い泥をとうとう吐き出した。

「これは、ブラッド・ダイヤモンドなのです」

「なんですって？」

「ですから、テロや戦争の資金源です」

「ディド夫人は、それを知って……」

バーテンダーが素知らぬ顔でグラスを磨いている。わたしはソファに沈んで黙りこくった。

ディド夫人の出家はさておき、ピエールとのビジネスをどうするか。このダイヤを扱うリスクと利益を天秤にかけたうえ、わたしの信条にも反してはいけない。

しばらく考えて重い口を開いた。

「マイケル。あなたは、このダイヤの代金をテロのために使うのですか？」

「とんでもありませんよ。わたしはテロリストじゃない」

「ならば、わたしがこれを売却するのに問題はない。ディド夫人のピンクダイヤをアクセサリーにするのも罪ではない」

「罪というのは、宗教的な意味ですね？」

「もちろんそうです」

「しかし、ですね……。これを盗掘させた将軍に現金が渡れば、また血が流されます。ピエールは自分で手を汚さなくても、裏工作の資金に使うでしょう」

「金をどう使うかは、それぞれの責任です。他人の罪まで考えたら、商売はできませんよ」

「自分が罪を犯さなければよいと？」

静かなバーにも宿泊客が戻る時刻になっていた。わたしはマイケルにたたみかけた。

「では、こうしませんか。ピエールには、わたしから代金を送りましょう。ですが、将軍への支払いはあなたしだいです。わたしは、将軍ではなく、あなたに小切手を切ります。手を血に染めた人と取引はできませんから」

「ディド夫人のダイヤは？」

「困りましたねぇ、いらないといわれても。あなたが引き受けますか？」

「それはできませんよ。わたしはもう、そのダイヤの代金一万ユーロをもらったのです。金を返すといっても、ディド夫人は拒むでしょう」

わたしは失笑した。

「ずいぶん値切られたものです。このダイヤなら、十倍はするでしょうな」

マイケルは、首飾りのデザイン画をじっと見ている。

「これを作ってみませんか？」

「持ち主がいないのに？」

「ええ、そうです。この首飾りには、なにか神聖な力が宿る気がするので。この一万ユーロしかありませんが、制作代に足りますか？」

「いいでしょう。やってみます」

ピンクダイヤの神秘に、憑かれたのかもしれない。思い入れのあるデザインだったから、あきらめたくなかった。しばらくは、首飾りに没頭して渾身の作に仕立てるつもりだ。

そんなとき、ポーランドにいる息子のヤハロームから手紙が届いた。

ユダヤ人のホロコースト[23]が起きたオシフィエンチム（アウシュビッツ）へ行って祈りを捧げたという。ナチスがポーランドへ侵攻する前に、先祖はいち早くポーランドから逃れていた。さもなければ、一族の血筋は断たれたであろう。ヤハロームは、

「ワルシャワ・フィルが、イスラエル公演をするのでぜひ聴いてほしい」

と、封筒にチケットを二枚入れて送ってきた。

ポーランドの現代作曲家、グレツキの交響曲第三番を演奏するという。ホロコーストの犠牲者に捧げる〝悲歌のシンフォニー〟という曲だった。パレスチナ出身の女性ピアニストがオー

ケストラに加わっていると、わざわざ書きそえてあった。

わたしの苦い記憶がよみがえった――

去年の夏のこと。世界的な指揮者がイスラエル音楽祭に招かれた。ベルリン国立歌劇場を率いての公演は喝采を浴びたが、アンコールのときに波乱が起きた。

その指揮者は、あろうことかワーグナー[24]を演奏しようとした。ヒトラーが好んだ音楽家の曲である。わたしたち保守派の観客は激怒し、舞台に向かって猛然と抗議した。

ところが、指揮者は冷静だった。

「音楽が罪なのか？　わたしたちユダヤ人は、罪なき民の虐殺が、どれほど反道徳的で許されないか、だれよりもよく知っている」

つまり、パレスチナへの占領政策を批判したのだ。グレツキのコンサートでも、主催者がなにかたくらんでいなければよいが。ふっと、ラニアを誘ってみようと思った。ラニアはキリスト教徒だし、音楽が好きだからきっと喜ぶだろう。

いつもの祈禱の帰りがけに立ちよったら、店のシャッターがまだ閉まっている。張り紙もそのままだ。閉店の三日間はとうにすぎていた。バイオリンがかすかに聞こえる気もするが、扉をたたいても反応がない。急に胸騒ぎがした。

ワルシャワ・フィルのコンサートは、城壁を見晴らす屋外の円形劇場で開かれた。高くそびえるダビデの塔が、ライトアップされ輝いている。石段に腰をおろすとステージはすぐ目の前だ。ラニアのかわりに、隣にはマイケルが座っている。

指揮者が静かにタクトをふり、悲しげな管弦楽が小さく響きはじめた。エルサレムの大地からふつふつと湧く、ユダヤ人の慟哭（どうこく）に聞こえる。

やがてソリストが立って、天の啓示をふらせた。ポーランド語の独唱が胸を打った。失われた魂のひとつひとつが、この聖地に集うようだ。古代エジプトの荒野から、中世の火あぶりの炎のうちから、そして冷酷なガス室のなかからも……。

パレスチナの女性ピアニストは目立たなかった。この壮大な哀悼の交響曲を紡ぎあげるために、ひっそりと貢献する姿に好感をもった。第三楽章のソプラノに聴き入った。

あなたは　どこへ行ってしまったの？
わたしの愛しい息子よ
蜂起のときに
残忍な敵に殺されたのでしょう
ああ　悪人どもよ
話して　なぜ息子を殺したの［25］

兵役で手にけがをしたヤハロームと重なるようだ。命は取りとめたが、あの子の魂だった音楽が奪われてしまった。ソプラノの旋律が静かな闇に溶けて消えた。

マイケルは、パンフレットに印刷された英訳の歌詞を読んでいる。うわずった声で、なにごとか小さくつぶやいた。

「どうかしたのですか？」

「ああ、この歌詞が、とても他人事に思えなくて」

「どれ、どれ？」

わたしは老眼鏡をかけ、歌詞をのぞきこんだ。マイケルが指さしたのは、中世の修道院の悲歌であった。もどかしそうに、マイケルがその一節を読みあげた。

母を幸せにしておくれ　わたしの愛しい望みよ
あなたがもう　わたしから去ろうとしていても [26]

マイケルは、懺悔するようにつぶやいた。

「わたしは母の死に会えなかった。母は『わたしの望み』といい残したそうです」

「それはお気の毒に」

「ようやく、母の言葉の意味がわかった気がします」

おそらく〝エルサレム・シンドローム〟を患ったのか。ディド夫人に首飾りを届ける仕事がなくなって、マイケルは聖所や遺跡を熱心にめぐり歩いていた。巡礼に感激して、我を忘れる観光客がけっこういる。

しかし、マイケルの表情が不思議と輝いて見えた。

数日して、彼から電話があった。大事な用件を伝えたいという。それで、ラニアのフムス料理店で話を聞くことにした。わたしは、ラニアと息子のアリが心配だった。

観光客でにぎわう狭い路地を縫って歩いて、店の前までたどり着いた。ほっと、胸をなでおろした。いつもどおりに開いていた。喜び勇んで声をかけた。

「みんな元気かい？」

ラニアは、湯気のあがる厨房にいた。ほっそりした色白の顔がやつれて見える。バイオリンを弾くアリの姿はなかった。

「あら、ハティクバ。待ち人がいるわよ」

一番奥のテーブルで、マイケルが手もちぶさたにしていた。わたしの顔を見るや、こぼれそうな笑みを浮かべた。握手を交わす手が、いつもより力強く感じられる。

「じつは、将軍が暗殺されたのです」

マイケルの大きな声に、ラニアが驚いている。

コートジボワールの前大統領、ロベール・ゲイであった。内戦が激しくなった首都アビジャンの自宅で、家族もろとも殺された。ゲイ派はすでに掃討され、投降したという。

「ピエールが、打ちひしがれています」

「そうだろう。夫人には逃げられるしな」

「インターポール（国際刑事警察機構）に目をつけられたそうで。将軍の関係先が洗われているとか、とても心配していました」

「それで、ダイヤの件はどうなるね？」

「将軍の資金源には関わりたくないそうです」

「変わり身が早いな。勝手にしろと？」

「そのようです」

わたしは、マイケルの肩をたたいた。大金がころがりこむからではなく、これで悪の組織と縁が切れるからだ。まるで憑きものが落ちた顔をしている。

「こちらからは約束どおり、きみ宛ての小切手をふり出す。金額もそのままにね。立ち入ったことだが、この大金をどうするつもりだ？」

悲歌のシンフォニーの夜のように、マイケルは生き生きしている。

「それを基金にして、西アフリカに少年野球チームを作ります」

「なんだって？」

「いつか、アメリカからリトルリーグを引き連れて、アフリカでアトランティック・シリーズをやりたいのです」

「ずいぶん、突飛な考えだな」

「あの歌を聴いて遠い記憶が戻りました。母が幸せだったのは、わたしが大学を首席で卒業したときでも、会社で高給を取ったときでもない。父とキャッチボールをしたときでした」

「だから？」

「アフリカで野球をやるんです。子どもたちにバットとグラブと白球を握らせる。ほんものの勇気ってなんですか？　武器がなくても、戦えるってことでしょう？」

「きみの罪ほろぼしかね」

「それがきっと、わたしの母の望みです」

「やってみたらいいさ。だが、うまくゆくとはかぎらないぞ」

マイケルは、素直にうなずいている。白状すれば、わたしの胸は熱くなっていた。人生には天秤にかけられない大切なものがあると、教えてもらったようで。

ラニアが、大盛りのフムスをテーブルに置いた。マイケルに勧めて、わたしもひと口味わった。いつもどおり、ほどよくスパイスとレモンがきいて舌にとろけるようだ。

わたしは、閉店していた理由を聞いた。

「じつは、アリの具合がよくないの。それに聞きわけがなくて」

息子のアリは、厨房の片隅の椅子に小さくなって座っている。そういえば、顔がむくんで血色が悪く、まったく元気がないように見える。

「どうしたんだい？」

「この子がバイオリンを壊したんです。近所の子にからかわれ、かっとなって」

アリが急に叫んだ。

「だって、みんなばかにするんだ。意気地なしだから、外で遊ばないんだろって」

「そんなの、気にするな」

アリが泣き出した。

「お母さん。お金をためて買ってくれたのに、ごめんね」

ラニアは息子の頭をぎゅっと抱きしめた。

大切にしていたバイオリンを壊すからには、よほどのわけがあるに違いない。

「それだけなのかい？」

「わたしは、アリの病気を治してやれないのです。薬でどうにもならないのは、この子もわかっているようで」

アリが不意にいった。

「ぼくなんかどうせ、ひとりで死ぬんだから」

「神さまから授かった命なのよ。なんて罰あたりなの！」

ラニアに問いただすと、しぶしぶ話した。

アリは重い心臓病を患っていて、東エルサレムの病院では手におえなかった。医者がいうには、パリの陸軍病院で心臓移植のドナーを手配できるが、手術と渡航費が高額だった。わたしでも、簡単に用立てられる額ではない。

その晩は、重い足どりで家路についた。翌朝、急に思い立ち、アリのために新しいバイオリンを買って届けさせる手配をした。せめて、前向きな気持ちでいてほしかった。

ところが、わたしの宝石店が入るキング・ヘロデホテルで騒動が起きた。

なにやら、ホテルのロビーがざわついている。

「その荷物を床に置け！両手をあげて動くな！」

「なんですか、あなたたちは！」

大声のやりとりが、店まで聞こえた。なにごとかと思い、二階の吹き抜けから下のロビーをのぞきこんだ。騒いでいるのは、ホテルに雇われた守衛だった。

黒い装束を身につけた女性が制止されている。よく見れば、それはラニアではないか。

守衛は、ラニアからバイオリンケースを奪い取ろうとしている。

「爆発物処理班を呼べ！」

と、叫びはじめた。別の女性の守衛がラニアの衣服のなかまで調べようとして、ラニアはかたくなに拒否している。

あわてて階段を駆けおりた。

「待ってください。その人は、わたしの客です」

「なんですって、この女が？」

守衛はあきれ顔で両手を広げた。ラニアがパレスチナ人だから勘ぐられていた。

ようやく解放されたラニアが、鋭くいい放った。

「あなたがたは、目に見えない敵をテロリストといって恐れているのよ！　目の前にいる人間を、よくご覧なさい！」

わたしは、ラニアを店のソファに座らせた。温かい紅茶をひと口飲んで、ラニアが落ち着いた。バイオリンケースをテーブルに置いた。

「自分の罪深さがわかるまでは、バイオリンは与えられないわ」

「アリはわかっただろう？」

「いいえ、やけになっているのよ。難病だからといって、命は大切にしなければ。バイオリンを壊したのは、自分を粗末にしているからよ」

「厳しすぎるんじゃないかね」

ラニアは首をふって、聞く耳をもたない。あきらめてバイオリンを引き取った。

「アリがよい子に戻ったら、もらってくれるね？」

ある考えが浮かんだ。ラニアが帰ってすぐに仕事場にこもった。金庫に保管してある首飾りを取り出し、まんなかにはめたピンクダイヤをプラチナの台座からはずした。ピンセットにはさんで窓辺の陽にかざすと、まばゆい光の雫がきらめいた。

これを、宝石愛好家のチャリティー・オークションに出品するのだ。

アリの命を救うためである。〝フムスの味を守るチャリティー〟と銘うって、ユダヤ人に呼びかけよう。もしアリが助からなければ、ラニアは店を閉めてしまうであろうから。

マイケルの意向を確かめると、

「それよりすばらしいアイディアはないでしょう」

と、心から賛同してくれた。

もくろみどおりチャリティーは成功した。だれもがフムスの味を絶やしたくないし、難病の少年を救うのに異論はなかった。想定よりかなり高値で落札され、マイケルから渡された一万ユーロも上乗せした。アリの治療費をまかなえる金額に届いた。

心配の種は、ラニアが受け取るかどうかだった。

わたしはラニアに会って、小切手を懐から出した。

「これは、フムスを愛する同胞の贈りものなんだ。役立ててくれるね？」

ラニアは黙ってうつむいている。

わたしはいった。

「アリに元気になってもらわないと困る。ラニアが希望をなくしたら、もう店はつづけられないだろ？あんたのフムスの味は、わたしたちの生きがいなんだよ」

ラニアの肩が、こきざみに揺れていた。

「ありがとう。ハティクバ」

ほっとして、力が抜けた。仕事場へ戻って、あの首飾りをじっと見つめた。ダイヤをはずして空っぽになったまんなかを、なんで埋めようか。

そうだ、ヤハロームに与えた赤い碧玉をはめよう。血の通う心臓のように、この首飾りに新しい命を与えてくれるだろう。いつか、息子の伴侶の胸もとを飾ってもらえたら。

’77

二〇〇七年四月の物語

青い海原をゆっくり旋回する飛行機の窓から、懐かしいテーブル・マウンテンのうす紫色の岩山が見えた。ケープタウンの沖に、ヨットの白い帆が無数に浮かんでいる。

胸が高鳴った。三十年ぶりに、わたしのただひとつの故郷に帰るのだ。あの人が暮らす、この南アフリカの大地に……。

空港はあい変わらず灰色で、殺風景だった。

たちまち暗い時代の記憶が目を覚ました。あのころは、南アフリカ共和国のパスポートを恥じていた。一九七七年九月三十日。むかしのパスポートに押された最後の出国スタンプの日付だ。いま、わたしの国籍はここにはない。

外国人の入国ブースの前に並んだ。ガラス窓の向こうに、赤と緑の鮮やかなスカーフを黒髪に巻いた若い女性係官が座っている。

わたしは、英国の朱色のパスポートを手渡した。

「ようこそ」

ぽんとスタンプをついて、彼女が明るい笑顔でいった。

かつてここは白人専用だった。空港の下働きをする黒人はいても、入国審査官のブースにいる姿が想像できただろうか。あの時代には、とても考えられなかった。

肩の力がすとんと抜けた。係官の顔に見ほれていたら、彼女は不思議そうであった。

空港のロビーで、母のローズが迎えてくれた。

「まあ！　ナディア！　お帰り」

「お母さん、ただいま」

ひさしぶりに抱擁する母は、少しやせていた。ブロンドの髪も白くなった。母とは六年前に会ったきりだ。成人した孫の顔が見たくて、わたしの暮らすロンドンまできていた。

車寄せのあたりを見まわした。

「お父さんは？」

「フレッドは家にいるっていうのよ。あなたの帰りを楽しみにしているのに、頑固だから」

「そう」

父のフレデリックとは、ずっと不和がつづいている。わたしがこの国を飛び出してから、ただの一度も顔をあわせていなかった。

ポーターが重いスーツケースをふたつ、古びたプジョーのワゴンへ運んでくれた。わたしは助手席に座った。母がギアを入れ間違えたせいで、がくがく揺れて発進した。

これからN1ハイウェーに入り、東へまっすぐ走る。取っ手をまわして窓をさげた。南極海流に乗って吹くさわやかな風がほおをなでた。ラジオのボタンを押すと、ディスクジョッキーがアフリカーンス語でにぎやかに話している。

これも、三十年ぶりに耳にする響きだ。ヨーロッパからの移民をアフリカーナーといい、独特な言語を使っていた。わたしたちもアフリカーナーだが、家では英語を話した。

西日が強くなって、母はサングラスをかけた。

「ロンドンの天気はどう？　ＢＢＣが、雪と伝えていたけれど」

「そうなのよ。イースターのお休みだから、ヒースローは大混乱してたわ。こっちは？」

「暑い夏だった。雨が少なくて、ぶどう畑が乾きすぎるってフレッドがこぼしていた」

寒波の再来から解放され、季節を巻き戻して初秋の青空の下にいる。ハイウェーぞいのジャカランダの並木が、うすい黄色に紅葉していた。甘い空気を胸まで吸いこんだ。

母の運転はのんびりしている。ライトを点滅させたＢＭＷが、猛スピードで迫った。乱暴にクラクションを鳴らし追い抜いてゆく。スーツ姿の褐色の肌のドライバーである。

「最近、ああいうのが増えてね」

と、母はあきれた。

父の家は、フランシュフックという渓谷の村にある。

先祖は、十七世紀に南フランスから渡ったユグノー教徒の子孫だった。カトリック教会の迫害を逃れて、はるばるアフリカの南端までたどり着いた。ジュベール家といえば、村のだれもが知っているぶどう栽培の農園主だった。

高層ビルの林立する都心に背を向け、なだらかな丘陵を走った。ハイウェーから渓谷の道へおりると、山すそを開墾したぶどう畑の起伏が目に入った。わたしの美しい故郷だ。

奇岩を連ねた峯々の岩肌は青白く、ラベンダー色の霞に沈んでいる。湿った草の匂いにつつまれた。まるで、南仏プロヴァンスの光景である。セザンヌの描いた〝サント・ヴィクトワール〟の風景に重なって見える。

丘の高いところに屋敷がある。地中海風の白壁にオレンジ色の大屋根の家だった。プジョーは息を切らして坂を登りつめ、鉄格子のゲートをくぐって前庭の芝生にとまった。

わたしは車から出て、両腕をぐんと伸ばし胸の奥まで息を吸った。父の姿を探して、丘の下に広がるぶどう畑に目をこらした。

「あの赤いチェックのシャツ、お父さんかしら？」

畑の一角を指さした。

「ん？」

「ほら、あそこの畝のところ」

「あ、そうね。フレッド！」

と、母が大声で呼んだ。

父は、収穫したばかりのぶどうを選別している。ちらっと顔を向け、カーキ色の帽子をふって合図した。それから、屋敷へつづく坂の石段をゆっくり登った。

父が近づいてくる。大きな体を揺すって歩くのは、ちっとも変わらない。でも、精悍だった顔に深いしわが刻まれ、背中には肉がついて丸くなっていた。

「ただいま」

「ナディアか。しばらくだったな」

大きな両腕で、わたしをつつんでくれた。懐かしい父の匂いがした。父に会ったらなんていおうかと、飛行機のなかでずっと考えたことなど忘れてしまった。

わたしも父も無言でいると、母がいった。

「さあ、ふたりとも家に入って。外は急に冷えるから、体に毒よ」

母は夕食のしたくをはじめた。このキッチンのテーブルが、まだ大学生だったわたしと母がふたりきりで話せる場所だった。あるできごとがきっかけで、南アフリカを捨てて英国へ旅立つと決めたときも、ここで母に相談していた。

「考えごとなんかしないで、手伝って」

「なんだか懐かしくて」

「あなた、リンディを覚えているでしょう?」

「もちろんよ。料理が上手だったわ」

いまも、ボボティの味を忘れられない。挽肉に香辛料とアーモンドを練りこみ、卵をかけてオーブンで焼く家庭料理だった。リンディの魔法にかかると、やさしい風味が匂い立った。

リンディは、家政婦をしていたズールー人の女性である。リンデェウェという名だが、わたしたちはリンディと呼んだ。夫のタンボが醸造所で働き、農園の小屋に暮らしていた。

夫婦には、わたしと同い年のシスルという男の子がいた。

「どうしているかしら?」

母は、少し口ごもっている。

「あのね。リンディは、シスルのところにいるのよ」

胸が締めつけられる気持ちになった。

「シスルは、いまどこに?」

「ステレンボシュで、ワイナリーを経営しているわ」

「えっ？」

「父親のタンボの血筋かしら。ずいぶん成功して、このあたりじゃ有名なのよ」

「そうなの」

ダイニングとつづきの居間で、フレデリックが暖炉を焚きつけている。薪の匂いで、心までほぐれそうだ。父は、クリスタルの壺に花束をさして暖炉の上に置いた。部屋が、ぱっと華やいだ。やはり、ひとり娘の帰郷がうれしかった。

「お父さん、リンディがいないと大変ね」

「いまじゃ、家政婦を住まわせる余裕もないんだ。世の中が変わったからね」

父は、もの思いの表情を浮かべた。

「でも、南アフリカのワインは、むかしより楽に売れるでしょう？」

「そうだが、競争が厳しくなってな」

わたしが子どものころ、ジュベール家の農園には数百人の労働者がいた。渓谷のぶどう畑のあちこちで、太陽を浴びて働く人々の肌がまぶしく輝いていたものだ。

アパルトヘイト[27]、つまり人種隔離政策によって自由を奪われた人たちが、ここへ出稼ぎにきた。父が身請け人になって、貧しい地域から働き手を集めていた。

父は、シスルの父親タンボにワイン造りを任せた。ズールー人をワインの醸造責任者に抜てきするなど、ほかではありえなかった。いまでは丸抱えの労働者はいなくなり、収穫期ごとに働き手を雇ってぶどうをしこんでいる。

ジュベール家で醸造するワインは、すっかり落ち目になった。

農民らしく寡黙（かもく）な父は、政治に一切関心をもたなかった。ケープタウン大学へ進学したわたしとは、しだいに考えがあわなくなった。大学は、そのころ〝南アフリカのモスクワ〟と烙印（らくいん）を押されるほど、反政府の闘争が盛んだった。

母が、オーブンから熱い鉄皿を取り出し、羊のミトンでつかんでテーブルに置いた。焼きたてのボボティの香ばしい湯気が立ち昇っている。

「さあ、召しあがれ。リンディほどではないけれど、わたしも上達したのよ。いかが？」

わたしはフォークですくって、ひと口味わった。

「とっても、おいしい」

こんどは父が、ワインの栓を抜いて味を確かめている。大ぶりなグラスに、濃いルビー色の液体をゆっくりそそいだ。

「今年の新酒だよ。飲んでみて」

「ここの土の匂いがするわ」

父は、納得の笑みを浮かべている。

「そうだろう。ワインはわたしたちの血なんだ。この土地を守って流された血、したたり落ちた汗が、ぶどうを育ててくれる。いまなら、おまえにもわかるね？」

わたしは、黙ってうなずいた。若いころなら、

「黒人の血もたくさん流れたわ。血液には、白と黒の区別はないじゃないの！」

と、叫んだに違いなかった。

　大盛りのボボティを三人で平らげるころ、母が思い出したようにいった。

「二年前になるけれど、シスルを見たのよ。ねえ、フレッド？」

「さて、どうだったか」

　父はとぼけている。わたしは念を押した。

「ほんとうに、シスル？」

「ええ。ケープタウンのホテルで、新酒の鑑評会があったの。そしたら、すごいのよ。シスルの造ったワインが、その年の『マンデラ賞』に選ばれてね」

「あの賞は、ワインの質より政治だよ」

「フレッド、負け惜しみかしら？　あなたらしくないわ」

　父はおもしろくなさそうだが、わたしは興奮した。

「すごいじゃない！　マンデラも出席を？」

「いいえ。高齢になって、このごろは体調を崩しているそうよ」

　ネルソン・マンデラ[28]。わたしとシスルの英雄だった人、あこがれの闘士だ。シスルはさぞうれしかっただろう。マンデラの名を、自分のワインの冠にするなんて。そんな未来が訪れようとは、あのころ夢にも思わなかった。

　マンデラのはじめた闘争が、わたしたちを結びつけ、ふたりを傷つけた。あの激しい時代がなければ、アパルトヘイトを憎まなければ、わたしはこの土地にとどまったはずだ。

母が、本棚から雑誌を一冊抜いた。マンデラ賞を特集したページを広げた。

「この写真、シスルよ」

「まぁ……」

思わず、手で口もとをおおった。三十年ぶりに見る姿である。

カールした短い髪に白いものが交じり、凜(りん)としたあごの輪郭もふっくら柔和になった。眼光だけはむかしのままで、黒曜石(こくようせき)のような輝きを失っていない。

その記事を読みながら、母が教えてくれた。

マンデラが二十七年の長い投獄から解放され、新しい国の扉を開いたとき、シスルは荒れた畑を手に入れた。開墾して苗を植え、すべての人種がともに働くぶどう畑にした。

弱い立場を強いられた人々に正当な報酬を与え、自立を手助けしていた。シスルの農場で造られるワインは、愛を意味する〝LERATO(レラト)〟のラベルが貼られた。

「わたしなんて、いったいなにをしたんだろう。ただ、逃げ出しただけで」

母は、わたしの肩を抱きよせた。

「あなたも偉いわよ。遠い外国で、精一杯生きているじゃないの」

暖炉の薪が、ぱちんと音を立ててはぜた。父はいつの間にかうたた寝をしている。うすく目を閉じ、パイプをくわえたままだ。口からそっと取って、真ちゅうのラックに置いた。

翌朝、夜明け前に目が覚めた。下の畑が、風に漂う霧につつまれている。緑色の長靴をはいて石段をおり、ぶどうを低く仕立てた垣根の間を歩いた。ほのかな香水のような、涼やかな匂いがする。ひと粒つまんで口に入れた。

垣根の向こうに、おぼろげな人影が見える。

「お父さん、おはよう」

「ナディア、眠れたかい？」

「ええ、ぐっすり。ロンドンと違って空気が澄んでいるせいかしら」

父は、今日のうちに収穫する区画を見まわっていた。南アフリカのケープ地方でも海ぞいは収穫を終えるころだが、高地のフランシュフックは作業のまっ最中である。父を手伝って、傷んでいるぶどうの房を剪定ばさみで間引いた。

「聞いてもいい？」

「なんだ？」

「シスルに会いに行くといったら、怒る？」

父は黙っている。ぶどうを切るはさみの音だけが響く。

「ねえ、どうなの？」

「会いにゆく理由がないだろう。おまえは結婚して子どもがいる。なにもいまさら」

「もう離婚したわ。あのころと違って、こそこそしたくないの」

少し考えてから、父がいった。

「おまえがいまごろ訪ねたら、シスルはどう思うだろうか」

その言葉が、わたしの胸に刺さった。

朝食のあと、母にも聞いた。紅茶を入れて、キッチンのテーブルで向かいあった。

「そうねぇ」

母も思案顔である。ティーカップに砂糖スプーンがあたって、チンと鳴った。

むかし、父が家政婦のリンディを呼ぶとき、食卓のカップの縁をたたいていた。母なら名前で呼ぶのに、なぜリンディは違うのかしらと不思議だった——

わたしとシスルが、四、五歳のころだ。

リンディはシスルを連れて、屋敷の家事をしていた。むかしは、肌の色の違う子どもと外では遊べなかった。けれど、世の中を知らないわたしたちにとって、ふたりですごすのはごく自然であった。同い年のシスルが、ちょうどよい遊び相手だった。

ある日、ケープタウンのショッピングセンターへ出かけるときに、父母はシスルを連れて行くのを許さなかった。わたしが駄々をこねると、

「あなたとシスルは人種が違うのよ」

と、母が悲しそうな顔でいった。わたしは聞いた。

「人種ってなに?」

「人間には違いがあるの。そのうち大人になればわかるわ」

それから、リンディが遠慮してシスルを連れてこなくなった。双子のように思っていたのに、わけもわからず会えなくなって、わたしの心は傷ついた。

小学校に入れば、シスルと自由に遊べるようになると思っていた。ところが村の学校にいたのは、わたしと同じ肌の色をして、アフリカーンス語を話す子どもばかりだった。

そのころシスルは、ぶどう畑で父親のタンボを手伝うようになっていた。十歳のころに農園を去り、祖父母に預けられてズールー人の学校に通った。優秀な成績を収め、ナタール大学にある非ヨーロッパ人学科に進んでいた。

一九七六年六月十六日――

わたしとシスルが再会した日だ。ふたりは大学三年生になっていた。決して忘れられない、恐ろしいできごとがあった。

きっかけは、白人のアフリカーンス語を、非白人の学校に強制する命令だった。

「有色人種は、白人の命令をよく理解するために学ぶのだ」

と、教育大臣がいい放った。若者の怒りが炎上し、授業のボイコットがはじまった。

街にあふれ出て、抗議デモをくり返した。数こそ少ないが、アパルトヘイトに反対する白人も交じっていた。わたしもそのひとりだった。そして、ソウェト蜂起[29]が起きた。

ソウェトは、地元で〝ジョバーグ〟と呼ぶヨハネスブルグ郊外にあるスラムだ。警察が催涙弾を撃ち、若者の投石がはじまった。やがて警官が発砲し、数人の子どもが殺された。それでパニックになった群衆に、一斉射撃が加えられた。

ジョバーグの街すべてが騒然とした。軍の治安部隊が動員され、戒厳令が敷かれた。わたしもデモの先頭にいた。実弾の威嚇を浴びせかけられ、催涙ガスを吸って路上にかがみこんだ。

そのときだ。シスルが、すぐ近くに倒れているのに気づいた。

「シスル！　しっかりして！」

シスルはうす目を開け、わなわな体を震わせている。十年ぶりの再会が、こんな場所になろうとは。わたしが反アパルトヘイト闘争に加わったとは、シスルは想像もしなかった。

血まみれの体を抱き起こし、男子学生の肩を借りて懸命に逃げた。仲間のトラックに便乗してケープタウンへ戻った。父の農園までたどり着いたとき、両親は驚がくした。すぐにリンディとタンボが呼ばれ、夫婦の小屋へ運ばれた。

母はおびえていた。

「ナディア、どうするつもりなの？」

「わからないわ。とにかく、シスルをかくまってちょうだい」

「なんとかしましょう。でも、政府に楯突くのはもうやめにして」

父は怒っていた。

「こんな騒ぎのために、大学まで支援したんじゃないぞ！」

そのとき初めて、父がシスルの学資の面倒をみていたと知った。

シスルは歩けるまでに快復した。人影の消える夕刻に、わたしたちは渓谷を散歩した。長く会えなかった間に、シスルは見違えるほど成長した。背丈が伸び、力強くなった。なによりも、明晰さを身につけていた。

シスルは、こんなふうに尋ねた。

「きみはなぜ、ぼくらの活動に加わっているの？」

「たぶん、わたしが子どものころに感じたぎこちなさのせいね」

「ぎこちなさって？」

「あるとき、あなたと遊ぶのを禁じられた。学校に通うようになって、やっとわかったの。あなたたちが、差別されているって」

シスルの目に、知性の輝きがあった。

「それで、ソウェトの事件に憤りを感じたの？」

「そうよ。あなたたちの学校にまで、わたしたちの考えを押しつけるなんておかしい」

「あなたたち？」

シスルは首をふって、笑みを浮かべた。

「なにかおかしい？」

「きみも、区別しているんじゃないかな」

「えっ？」

そんなふうに、わたしたちは語りあった。

シスルは、〝ブラック・コンシャスネス（黒人意識）〟に心酔していた。スティーブ・ビコ[30]という若者が呼びかけた運動だった。彼は、白人のリベラル派にも優越心があるといった。だから、わたしの心理に潜む意識をえぐり出そうとしたのだろう。

わたしとシスルは、しだいに心を通わせた。ふたりの関係に気づいたシスルの両親が、遠いクワズール地方の祖父母のもとへ息子を帰した。だが、シスルは翌年、農園に戻った。まるで別人のように憔悴(しょうすい)しきって……。

　シスルは、

「ビコが死んだ。殺されたんだ」

と、苦しげにいった。

　ビコは治安警察の拷問を受け、拘禁されたまま命を落とした。活動メンバーがつぎつぎに逮捕され、シスルも警察に追われる身だった。

「ここなら安全よ。わたしがあなたを守るから」

「ありがとう。でも、やつらはどこまでも追ってくる」

　事情を父と母に説明した。シスルには小屋から一歩も出ないようにいった。

　数日して、見かけない灰色のトラックが現れた。黒い制服の警官がふたり、ライフル銃を握っている。シスルと父親のタンボが、小屋から引っぱり出された。わたしは叫んだ。

「この人たちは、なにもしていない！」

　警官がニヤリとした。

「お嬢さん、関わらないほうがいいですよ」

「どういう意味よ！」

「それは、父親に聞いたらどうですか？」

　母があわてて、わたしの腕をきつくつかんだ。わたしは激しく興奮していた。母から思いきりほおをぶたれ、ようやく正気に戻った。

大声でいった。

「お父さん、なにか知っているの？」

父は口ごもった。

「しかたなかった」

「まさか、お父さんが密告を？」

こんどは母が怒った。

「ばかをいうものじゃないわ！ フレッドは、家族と農園を守らなければいけないのよ」

それから間もなく、もっと悲しいことが起きた。

またあの灰色のトラックが現れて、荷台から大きな箱をおろしはじめた。それは、粗末な木の棺だった。わたしの心臓は破裂しそうに高鳴った。リンディが頭の上に両手を置いて、激しく叫んでいる。棺の蓋をずらして見て、地面に崩れ落ちた。

タンボの葬儀には、フランシュフックの労働者が集まった。白人は、わたしの家族三人だけだった。タンボを失って、父の醸造所は活気までなくした。新しく雇った白人の醸造手は、タンボのようなワインを造れなかった。

シスルの消息は、わからないままだった。

裁判があったのか、投獄されたのか、まるで情報がなかった。リンディはしだいに心を病むようになって、家政婦をやめて故郷のクワズールへ帰った。

わたしは失望した。頑迷な南アフリカと、父フレデリックに――

スプーンがふたたび小さく鳴って、母が紅茶の砂糖をかき混ぜている。

「シスルのワイナリーへ、行ってごらんなさいな」

母がいった。

「お母さんは、反対しないの？」

「シスルを愛しているのは、前からわかっていたわ。あんな時代でなければ、あなたたちの交際を祝福したはずよ。フレッドだって、あなたの幸せを願っていた」

「でも、わたしは苦しんだ」

「力になれなくて、ほんとうにごめんね」

「もう大丈夫よ。ただ、シスルが許してくれるかしら」

わたしの衝動は抑えられなかった。母のプジョーを運転して出かけてみた。

ステレンボシュは、ここから山をひとつ越えた海側にある。シスルのワイナリーは街はずれにあった。大きなオークの木陰のベンチに座って見まわした。ぶどうの房を手摘みする労働者が三、四十人もいるだろう。のどかな笑いが風に乗って聞こえる。

ひときわ背の高い男性に、目を奪われた。数人の若者に囲まれ、ぶどうの収穫を教えている。垣根のひと房を手にして、熱心になにごとか話している。

「シスル」

わたしはサングラスを髪に載せ、目をこらした。間違いない。写真で見たよりもずっとたくましく、身のこなしが若々しい。みんなから尊敬のまなざしを集めていた。

南大西洋から秋風の吹く、心地よい昼さがりだった。

畑のほうへ駆けて行きたかったが、ためらいがあった。海へ視線をそらして、遠くに青く広がる水平線をながめた。だれかが肩に軽く手を置いた気がして、ふり返った。

おだやかな表情を浮かべるシスルだった。

「ナディア？ きみだね」

ハスキーな低い声が聞こえ、懐かしさがこみあげた。

思わずしがみついた。わたしの背は、シスルの胸あたりまでしかない。子どもでもあやすように、わたしの髪をなでている。少し白くなった栗色の髪を……。

「ひさしぶりね。元気そうでよかった」

「ちょうど三十年になるね。きみは変わっていないよ」

「そう？」

ふたりとも、朗らかな笑顔になった。

「よかったら、ぼくの醸造所を見ないか？」

そういうと、わたしの手を引いてゆっくり畝を歩いた。

「シスル、あなた結婚は？」

「独身だよ」

「ずっと？」

「ああ」

「なぜ?」

「さて、なぜだろうね」

シスルが聞いた。

「ナディア、きみの家庭は?」

「少し前に離婚したの。息子がひとりいるわ」

「いまは幸せかい?」

「ええ。子どもが巣立って、身軽になった」

紅殻色(べんがら)に塗られた醸造所のなかで、若者たちが働いていた。天井の高い倉庫にオーク樽が積まれ、酵母のさわやかな匂いがする。樽の世話をする男女が、ソウェト出身だという。

わたしの心が高ぶった。樽を運ぶ青年に、思わず聞いた。

「あなた、何年生まれ?」

「一九八九年です」

「なら、ソウェトの事件は知らないわね」

青年はむっとした。まわりの若者も、仕事の手をとめた。

「いえ、ずっと語りつがれています。あの時代の先輩たちは、ぼくらの英雄ですよ」

シスルがいった。

「一九七六年だったね。あの日、ナディアはジョバーグにいたんだよ。ぼくらと一緒にね。催涙ガスを浴びせられ、警官の棍棒でたたかれていたのさ」

「そうだったんですか」

若者の顔が、光に照らされた。

「ありがとう」

といった。わたしの腕を取って力強く握手を求めた。

アパルトヘイトは終わっても、新たな分断がまん延していた。富と能力の格差だった。あやまちが繰り返されぬよう、シスルは貧しい地域の若者に技能を授けていた。

わたしはシスルに聞いた。

「また、ここにきてもいいかしら？」

「どうぞ、いつでも」

わたしたちは少しずつ、失われた時間を取り戻した。けれど、どんなに親密になっても埋められない溝があった。わたしが、南アフリカを捨てた過去だった。

あるとき、シスルがいった。

「ナディア、きみはどうしてこの国に残らなかったの？」

「………」

「ぼくは、あれから三年間投獄されていた。その間、ずっときみを思って耐えた。でも、きみはもういなかったんだ」

「ごめんなさい」

わたしは、それしかいえなかった。

シスルは釈放されてからも、ずっと監視された。父のタンボを亡くし、わたしまで英国へ逃れたと聞いて、失意のどん底に落ちた。故郷のクワズールへ戻り、すべてを忘れようと荒れ地を開墾して、ぶどう栽培に没頭した。

「父さんに教えられた、ただひとつの技能だったから。夢中になっているうちに、自分の生きる意味がわかったんだよ」

「どういうこと?」

「大地は、耕すものを選ばない。肌の色とは関係なく、みんなのものだ」

二十七年間の投獄から解放されたマンデラが、まっ先に人種の〝和解と融和〟を掲げたと聞いて、シスルは大地から学んだこの生き方が正しいと確信した。

「それで、あなたは新しいワイナリーをはじめた」

「そうさ。白人の土地を譲ってもらい、みんなで力をあわせた。ぶどうだって、黒と白の実にそれぞれの味がある。赤ワインと白ワインに主従はあるかい? ぼくらも同じさ」

「区別じゃなくて、個性なのよね」

醸造所では、新酒づくりの最中であった。からっと晴れた日に、最後に収穫されたカベルネソーヴィニョンを大きな桶に入れ、みんなの足で踏む祭りがあった。

父の農園でも、むかしは機械ではなく人力に頼っていた。父に抱きあげられて樽に入り、房でいっぱいの酒船を踏むのは、子どもには楽しい行事だった。もちろん、幼かったシスルも一緒にダンスを踊るようにふたりでおどけた。

それを忘れずに、ここの十樽ぶんのしこみだけは、すべての工程に人の手を加えていた。

「さあ、ナディアもやってみて。きみは覚えているだろ？」

「もちろんよ」

わたしは、桶のなかの房を踏んでみた。渋みを出さないよう、丁寧にゆっくりと。それをながめていたシスルが、独りごとをつぶやいた。

「幼いときが、一番自由だったな」

「いまよりも？」

「そうだよ、心の壁がなかったから。いまは自由でも、心に壁が残っているだろ」

わたしが若かったころ、シスルの心を理解できなかった未熟さが恥ずかしかった。

ふたりきりでワインセラーに入った。そこには、瓶づめされた特別なワインだけが大切に保存されていた。シスルは一本ずつ、品種と年号、味の特徴を説明した。

ある棚のところで、瓶のラベルにふと目がとまった。

「これ、どんな意味なの？」

そのボトルには、うっすら白いほこりがついている。シスルはそれを手で払って、ラベルをしっかりと見せてくれた。

「セブンティ・セブン」

「まさか？」

「そう。一九七七年、ぼくらが引き裂かれた年だよ」

わたしは息をのんだ。

「記憶に刻むため、わざわざラベルに？」

「父の遺志をついで、いつか最高のワインを造ってみせると誓った」

醸造のすべてに手間をかけ、とくにできのよい年のものだけ〝'77〟のラベルを貼った。

「どんなワインなの？」

「なんといっても色だよ。赤でも白でもロゼでもなく、この大地の色にしたい」

「アフリカの色のワインね」

「きみは、キリマンジャロの麓でしか採れない石を知っているかい？」

「タンザナイトでしょう」

「紫がかった幻想的な青い宝石が、フランシュフックの渓谷を思い出させるんだ。いつか、あの色をグラスのなかに再現してみたいね」

そのワインを味わっていなくても、シスルの夢に酔わされた気分だった。

突然、石造りの狭いワインセラーのなかで、かん高い電子音が鳴り響いた。わたしの携帯電話だった。

「もしもし」

母の声が聞こえる。心なしか震えているようだ。

「どうしたの、お母さん？」

「フレッドが倒れたの。あなた、すぐに帰ってちょうだい」

「容態は？」

「お医者さまに診てもらっているけれど、意識が戻らないのよ」

電話のやりとりから、シスルも異変に気づいた。

「すぐに行こう。ぼくが運転するから」

「でも」

「いや、夜の渓谷の道を飛ばすのは危険だ」

そういって、農園のトラックをガレージから出し、わたしを助手席に乗せた。シスルは無言でハンドルを握って、暗い夜道をひたすら走った。父の無事を、神に祈るほかなかった。

ようやく家にたどりつくと、医者が帰ったところだった。母がやつれた表情でベッドによりそっている。父は、薬がよく効いたせいか意識を取り戻していた。

「お父さん、大丈夫？」

「ナディアか、心配かけてすまないな」

母がいった。

「軽い脳梗塞だそうよ。処置が早かったおかげで、言葉が戻ったところ」

「よかった……」

へなへなと力が抜けた。わたしは、父母に告げた。

「シスルに送ってもらったのよ」

父が驚いた表情を浮かべている。母がいった。

「運転が大変だったでしょう。家に入ってもらいなさい」

シスルがこの屋敷に足を踏み入れるのは、一九七七年のあの事件以来になる。

ためらいがちなシスルを、母はやさしく抱きしめた。

「ありがとう。すっかり立派になったわね」

「旦那さんがご無事で、なによりでした」

「旦那さん、なんて呼び方はよして。フレッドでいいの」

父が、寝室から姿を見せた。

「まあ、フレッド！ まだ寝ていなければだめよ」

「いいんだ。シスル、ひさしぶりだな」

そういって、よろめきながらソファに腰をおろした。シスルを手招きした。父は、なにごとか決意を秘めた表情をしている。静かに語りはじめた。

「きみは、わたしを恨んでいるだろう」

「ぼくと父が捕まったことで？」

「そうだ。無理もない、警察の要求に屈したのは、ほかでもないこのわたしだから」

「屈したと？」

「きみを引き渡さなければ、娘のナディアも一緒に逮捕するといわれた。背徳法違反でな。やむなく……」

背徳法は、白人と異人種の交際を禁じる法律だった。

シスルが、わたしをまっすぐに見て、ぽつんといった。

「そうだったのか。それで、きみはいたたまれなくなって」

「あとから母に聞かされたの。わたしがあなたを連れてきたばっかりに、悲劇に巻きこんでしまった。それで、もうすべて終わりにしようと思って」

「国も捨てたわけか」

ふたたび、シスルは父に向きあった。

「でも、どうしてぼくの居場所が、警察に知られたのでしょう?」

「わたしが密告したと思っているのだろうが、それは違う」

父が激しく咳きこんだ。その背中をさすりながら、母がいった。

「どうか信じてあげて。あのころの農園には、密告で報酬をもらう人だっていたはずよ。フレッドではないのよ。『わたしが身元を保証するから、すぐに釈放してほしい』といって、警察署長になんどもかけあったの」

シスルが聞いた。

「ぼくの父が捕まったのは、なぜ?」

「まさかタンボまで引っ張るとは、思ってもなかった。わたしの身がわりになって、隠匿罪をかぶったんだ。きみのお父さんは、かけがえのない片腕だった」

「……………」

「すまなかった。わたしがあやまちを犯した」

そういって、父はがっくりと頭を垂れた。

シスルはうつむいて耐えている。木の床に、点々と染みが落ちてゆく。いくつもの涙の輪が足もとにできた。わたしは床にひざまずいて、シスルの手を握った。

父はおもむろに立つと、屋敷のワインセラーへ入って、しばらく戻らなかった。

こつこつ杖の音がした。父が、ワインをひと瓶抱えている。かなり古いボトルだった。ラベルがないかわりに、瓶の腹に白いチョークで〝1977〟と手書きしてある。コルクの栓を抜いて、グラスにゆっくりそそいだ。

「シスル、味わってみてくれないか。わたしも、口をつけていない大切なワインだ」

シスルは、はっとしている。グラスに鼻をよせ、色を見た。気高い芳香が解き放たれ、しだいに部屋いっぱいに満ちて、わたしたちを忘却へと誘った。

「これは……」

「きみのお父さんが、最後に造ったワインだよ」

「取っておいたのですか」

「一滴も売らずに残してある。すべて、きみのものだ」

シスルには、それが初めて口にする父のワインだった。大きくつつみこまれるような、アフリカの豊穣の海のうねりを感じていた。

その年の冬が近づくころ、わたしはシスルからドライブに誘われた。ルノーのピックアップトラックのシートには、籐のかごが置いてあった。

「どこへ?」

「そうだな。喜望峰へ行ってみよう」

「いいわね」

そう答えると、シスルはすぐにアクセルをぐんと踏みこんだ。

南へ向かって海岸ぞいの道へ抜けた。ケープ半島に近づくと、切り立った岩に砕け散る潮が風に香った。道路を渡るペンギンを見つけ、ブレーキを加減して車を走らせてゆく。

カーラジオから、ボブ・シーガーの曲が流れている。なにげなくつぶやいた。

「懐かしいわ」

「ああ、七〇年代だね」

つづら折りの坂道をくだって、半島の先が海へ崩れ落ちる場所、そこが喜望峰だ。大西洋とインド洋が出あい、南極から打ちよせる波に洗われている。

シスルは、わたしの腕を取って海辺へ向かった。片手に籐のかごをもって。

「なにが入っているの?」

「これだよ」

そういって、シスルは一本のボトルを取り出した。

グラスをふたつ、岩の上に並べて栓を抜いた。白いクロスで瓶の口を軽くぬぐってから、ワインを柔らかにそそぎ入れた。わずかに泡立つ液体が、グラスのなかに踊っている。

シスルは、遙かに波頭が連なる海へ、そのグラスをかざした。冬の陽を浴びたワインが、青紫色に輝いている。彼は、わたしの肩を抱いていた。

「どう、アフリカの色に見える?」

「ええ。わたしたちの'77ね」

悪人

二〇〇三年五月の物語

赤の広場の東端にあるスパスク塔の大時計が重々しく、もったいぶった鐘の音を響かせている。尖塔の切っ先の赤い星は、まばゆい陽を浴びて血をしたたらせそうである。

おれは、ニヤリとした。

小首をかしげ、右腕にはめているカシオの黒い腕時計をちらっと見た。一分、遅れている。銀色の小さなボタンを押して、デジタル数字を点滅させ〝二〇時〟ちょうどにあわせた。

モスクワの初夏の晩、太陽はまだ青い空を輝かせていた。

ロシア人にとっては、待望の季節が訪れた。北国の陽はぐんぐんのび、夜が縮こまってゆく。ポプラは白い花をつけ、風に舞う綿毛が羽布団のように街をつつんでいた。

サッカースタジアムがすっぽり収まるほど広いこの場所が、これから数万人で埋めつくされる。あと三十分で、ポール・マッカートニーのライブコンサートがはじまるのだ。

広場のほとんどが立ち見で、ステージの近くだけに五千人ぶんのベンチが設けられた。即日完売のプラチナチケットだった。案内係が、かん高く叫んでいる。

「押さないで！ アルコールのもちこみはだめです！」

おれは、モスクワ市に雇われた臨時の警備員である。三角帽子の屋根を載せた復活門のところで、入場者の手荷物を調べている。

ハンドバッグ、靴、携帯電話からコインまで、X線透視機にくぐらせてモニターをチェックする。一時間もたつが、門の外には行列がとぐろを巻いている。みんないら立っていた。

だが、念を入れて調べなければならない。

昨年の秋に、この街のミュージカル劇場で人質事件[31]があったばかりだから、ぴりぴりした気配が漂っていた。

いばりくさった警備隊長が、つんと立てた口ひげをなでながらどなり散らしている。

「おい、ディマ！　黒いやつらをよく調べろ！」

黒いやつらとは、コーカサスや中央アジアのイスラム系の異民族だ。

「わかってます」

あの男の剣幕にはうんざりする。モスクワの市長が視察にくるから、いいところを見せたいのだろう。もちろんテロリストでもフーリガンでも、まぎれこませるわけにはいかない。そんなやつらに、おれの計画を台なしにされてはかなわない。

ポールのファンは、五、六十代の陽気な中年が多い。

「おい、若いの。ちょっとは目こぼししろよ！」

「きまりですから」

「ロシアの規則は、破るためにあるんだろう？」

ウォッカの小瓶を、ズボンのベルトにはさんでもちこもうとしている。頑として拒んだら、その場でキャップを開けて飲み干してしまった。

「レボリューション！」

と叫びながら、赤ら顔をして赤の広場へ入った。

ポールがロシアで演奏するのは、ビートルズ時代から初めてだ。

この国がソ連だったころ、ビートルズこそ堕落した資本主義のシンボルだった。その音楽をこよなく愛して堪え忍んだオールドファンには、夢のような一夜であろう。

バンドのメンバーが、スパスク塔の下手に組まれたステージでリハーサルをはじめた。

赤の広場に入った観客がどよめいている。ポールがいきなり舞台に現れて、電子ピアノをぽろんと弾いたからだ。その姿が、スクリーンに大写しになった。

愛嬌のあるつぶらな瞳で、ほおのあたりがふっくらしている。六十歳になるはずだが、とてもその年齢とは思えないほど若やいで見える。

おれは片耳のイヤホンに人さし指をそえ、聴覚を澄ませた。

「あと三分で記者会見です」

警備用のインカム無線からアナウンスが聞こえた。

コンサートに招待されたジャーナリストがステージへ殺到してゆく。いろんな国からメディアが集まっているようだ。ポールの隣に小太りのルシコフ市長がいて、ひげの警備隊長も抜かりなくカメラ目線で立っている。

おれは、ほくそ笑んだ。

「やつら、もうすぐ起きる大惨事を、世界中に報道するとも知らずに」

そう。このおれこそが、イスラム聖戦士なのだ。

ディマというのは、ロシア風の偽名だ。本名は、アル・アフマディエフという。

モスクワから南へ千五百キロ離れたコーカサスのチェチェン[32]に生まれた。古代ペルシャのころから貿易で栄え、誇り高い民族が住む土地だった。

五千メートル級のコーカサス山脈には、白銀の峰々が連なる。トルコ石の色をした空に鷲がゆうゆうと舞って、カスピ海から黒海へ暖かい東風が吹き渡ってゆく。それにくらべたらロシアなど、凍えた不毛の土地にすぎない。

おれはまんまとロシア人になりすまし、モスクワ市が募った臨時警備員にもぐりこんだ。コーカサス出身とわかれば採用されないから、ロシア人の身分証を巧妙に偽造した。

ごつい石ころのような顔は、いかにもロシア系に見える。子どものときから柔術で鍛えた体格はだれにも負けない。ロシア語に南方の田舎なまりが交じるのはご愛嬌である。

おれはローン・ウルフ、つまり一匹狼だ。ひげの警備隊長も、まさかチェチェン人とは思っていないだろう。いよいよ、ロシアの心臓をひと突きにするときだ。

この戦いを決めたのにはわけがある。あれは、去年の十月二十三日——

木枯らしが吹いて、小雪のちらつく水曜日だった。その晩、チェチェンの戦士たちがついに決起した。モスクワのミュージカル劇場を、そっくりそのまま占拠したのだ。

ニュースを聞いたときには鳥肌が立った。その戦士のなかに若い娘が十人も志願したと知って、おれは胸を熱くした。娘たちは、ロシアとの戦争で父や夫を亡くしていた。

リーダーの名は、バラエフという。おれの幼なじみだ。二つ年下で、きりっとした美少年だった。内気なところがあって、ガキ大将のおれの陰に隠れていた。そのくせ、弱いものいじめを見かけると、どんなに強そうな相手にも挑みかかった。

おれは、ずいぶん加勢してやった。だが、やつはもうこの世にいない。
若き戦士をみな殺しにしたのは、ロシアのＦＳＢ（フェーエスベー）［33］の連中だ。劇場に猛毒をまき、百数十人の人質もろともに殺してしまった。

バラエフは、チェチェンの独立を要求した。聞く耳をもたなかったのがＦＳＢのアクーニン長官で、ロシアの大統領は無茶な作戦をあっさり認めた。おれは、ため息をついた。

スパスク塔の鐘が鳴った。カシオの腕時計をちらっと見た。そろそろ開演が近い。入場者の列が短くなったところで、ほかの警備員に手荷物検査をかわってもらった。

おれの任務は、ＶＩＰの警備だ。ＶＩＰ席は、床下に五十センチの空間がある。昼間のうちに、床下を念入りにチェックするふりをして、Ｃ４爆薬をしかけておいた。

このプラスチック爆弾は、かなり威力がある。モスクワの闇市場で、コネさえあれば苦労せずに手に入る。赤の広場の三分の一は、たやすく吹き飛ぶだろう。

赤の広場を横切って、鉄パイプを組んだ巨大なステージに立った。リハーサルは終わり、電子機器のＬＥＤだけが点滅している。左手のクレムリンと、右手のデパートの屋上に狙撃兵が隠れていた。そいつらは、ＦＳＢの特殊部隊アルファだ。

だが、ステージ裏手のワシリー大聖堂は別だ。毒キノコのように派手な色の九つのクーポラのうち、右端の塔へ携帯スコープを向けた。ピントを絞って目をこらすと、小さくキラリと光る照準器が見える。そこに、腕ききのスナイパーが潜んでいる。

おれのたったひとりの相棒で、名前をマゴメドフという。やつの仕事は、ＶＩＰの警護ではなく、暗殺である。ライフル銃でＶＩＰ席を狙うのに格好のポジションだ。

　マゴメドフもチェチェン出身で、武装勢力のメンバーだった。猛禽類なみの優れた視力をもち、険しい岩場の上からでも狙ったロシア兵の頭を撃ち抜く。〝カフカスの隼〟と、恐れられていた。

　胸もとのインカムに口をよせた。おれたちだけの暗号通信に切り替えてある。マゴメドフのニックネームで呼びかけた。

「マグ、聞こえるか？」

「ああ、感度良好だ。アル、おまえのほうはどうだ？」

「ＯＫだ」

「ターゲットは？」

「間もなくだろう。連絡を待て」

「了解」

　ターゲットを爆殺できないときに、ライフル銃で射殺するのがマグのミッションだ。

　招待客ゲートから、ドレスアップした一団が入場した。警備員のインカムに連絡が入った。

「アクーニン長官が到着した。各人、警備の配置につけ！」

　ようやく、ターゲットのお出ましだ。この男こそ、ロシアの戦争の黒幕である。

　いかにも高価そうな光沢のしゃれたスーツを着ているから、すぐにわかる。左腕をからめてぶらさがって歩くのが、愛人のナタリヤだ。二十歳も年下のモデルだった。

ＶＩＰ席の財界人と、おおげさに抱擁した。アクーニンの取り巻きは、国営企業の幹部ばかりだ。こいつらが、石油やパイプラインの利権を握って戦争を焚きつけていた。よほど深い仲なのか、男同士でほおに口づけを交わしている。

おれは、携帯電話を握りしめた。この電話のボタンひとつで、やつらをまとめてあの世に送ってやる。十発のプラスチック爆弾が炸裂すれば、ひとたまりもない。

なんの罪もないポール・マッカートニーが巻きぞえになるが、いたしかたない。三人目のビートルの死がどれほど世界を揺るがすか、想像するだけで身震いする。

世界のビートルズファンの怒りは、コーカサスの小国と戦争をやめないロシアと、あの冷酷な顔をした大統領に向けられるに違いない。

耳もとのイヤホンから大声が聞こえた。

「ディマ、もっと長官の近くで警護しろ！　そんなに離れたら役に立たんだろう」

ひげの警備隊長だった。

「はい、了解です」

おれは、アクーニンとナタリヤのそばに立った。爆破のタイミングはまだ先だ。コンサートが盛りあがり、観客が総立ちになって警備が難しくなるころがいい。

インカムを暗号通信に切り替え、マグを呼んだ。

「マグ、ターゲットを確認できるか？」

「アル、大丈夫だ。だが、暗くなるとやっかいだな」

「わかった。おれの指示を待て」

腕時計のデジタル数字は〝二一時〟を表示した。西の空から黄金色に染まりはじめた。広場の石畳を揺らして、大歓声がわき起こった。まっ赤なジャケットを着たポールが、エレキベースを抱えてステージに飛び出した。

数万の群衆に叫んだ。

「赤の広場を震わせよう！」

大群衆が悲鳴をあげている。おれも、拳を天に突きあげてジャンプした。

アクーニンの愛人ナタリヤがおれのしぐさに気づき、長い髪をかきあげてほほ笑んだ。熱くなったのは、ポールが〝震わす〟といったからだ。まさに不吉な予言だった。アクーニンが、鋭い目つきでちらっと見たようだが、気のせいかもしれない。

懐かしいビートルズの曲の演奏がつづいてゆく。それぐらいは、おれでも知っている。子どものころ、ソ連のラジオはどれも退屈だった。トルコの電波をひろって、西側の新鮮なメロディーを聴いていた。チェチェン人だって、ロックやポップスが好きなのだ。

ＶＩＰ席をぐるりと見まわすと、白いスカーフの若い女性に気づいた。おやっと思った。アクーニンからさほど遠くない席だ。おれの注意を引いたのは、青いベビーカーがそばにあるからだ。赤ん坊がいるのだろう。その女性の顔立ちから、パレスチナのカナン人の特徴が見て取れた。それに、どこか気高さが漂っている。

隣には、コットンジャケットを着た細身の男性がいた。ユダヤ教徒がかぶる小さな帽子を黒い髪に載せている。まさか、あのふたりが夫婦ではあるまい。わだかまりが残った。

おれは、自分の家族を思った。アフマディエフ家は、チェチェンでも血筋がはっきりしている。中東のフェニキア人の血を引く一族だ。ロシアのミサイルが村を襲い、家がつぶされ両親は即死した。おれだけが生き残って、復讐の炎を燃やした。

三年前に結婚し、子どもを授かった。男の子なら宝石を意味する〝ジョハル〟と名づけ、女の子なら真珠の〝ルルゥ〟にしようと決めていた。アッラーの神は、おれにジョハルを与えてくれた。親になってみて、チェチェンの未来をよく考えた。

ロシアから、家族を守りたいと思うようになった。ロシアの虐殺をとめるには、同じように体験させるよりほかない。この場所を吹き飛ばし、やつらにわからせてやる。

一匹狼のおれは、ネットで〝世界聖戦〟を呼びかけるハジュマ師に心酔した。師の潜伏先のアブダビで更新されるブログが、聖なる決断へ導いてくれた。

師は、こう檄を飛ばした。

「友のため、民族のため、大義のため、命を投げ出すより尊い犠牲はない。決起せよ！　我らの邪悪な敵が、足もとにひれ伏すまで！」

その言葉をくり返し唱えるうち、死さえも甘美な誘惑に思えた。

師のいうとおりなら、ロシアへの報復など序の口である。おれはこの場所を爆破したあとも生きのびて、息子や妻の待つ故郷へ凱旋（がいせん）するつもりだ。

もう、八曲目にさしかかろうとしていた。ポールが聴衆に話しかけた。早口の英語はよくわからないが、話の輪郭ぐらいはなんとか理解した。

「つぎは、六〇年代の曲だよ。アメリカでは、いろんな問題が起きていた。黒人の気持ちを想像したんだ。黒い鳥が、真夜中にさえずっている。傷ついた翼のままで……」

アコースティックギターにもち替え、ポールは弾き語った。

とても悲しい詩だった。にぎやかだった会場が、一瞬で静まり返った。ポールは、抑圧される人の心理がよくわかる男なのだろう。

昨日のテレビニュースで、ポールがクレムリンを訪問したと報じていた。大統領とふたりでなにを話したのか、おれに興味はない。どうせ事実は報道されない。ただ、ニュース映像のポールの表情が、なぜか深刻そうに沈んでいた。

この曲を歌ったのはどうしてだ。おれの脳裏には、モスクワの劇場で死んだチェチェンの娘が浮かぶ。あれから彼女らは、〝ブラック・ウィドウ（黒い寡婦（かふ））〟と呼ばれていた。

ふっとまた、子どものころの記憶がよみがえった――

ソ連の学校では、ロシア語を押しつけ、チェチェン語を禁じた。おれたちは、飛ぶ翼を奪われていた。ところが、グチエフ先生だけは違っていた。おれたちを見くださなかった。

「トルストイだって、コーカサスが好きだった。死ぬ前にこの土地を見ようとして、裕福だった家を捨て、旅に出かけたのだからね」

グチエフ先生の話だけは、素直に聞いた。学校を卒業するときになって、

「これから新しい時代になる。伝統を大切にしなさい。根なし草になってはいけないよ」

と、励ましてくれた。

ソ連があっという間に崩壊し、チェチェンの独立に手が届きそうになった。無神論に迫害され、冒とくされたイスラムの教えが息を吹き返し、おれたちはアッラーの神のもとへ帰った。闇夜のなかで、先生は希望の光を見せてくれた。

ポールがハミングしながら口ずさんでいる。涙がぽろぽろこぼれた。

ナタリヤと目があった。

「あなたも、悲しいのね」

という顔をしている。

隣のアクーニンは無表情のままだ。この悪魔の愛人に、黒い鳥のほんとうの意味がわかってたまるものか。おれは石畳にひざまずき、拳でコツ、コツ、コツと三度たたき、悪魔の誘惑に負けないイスラムのおまじないをした。

赤の広場に夜のとばりがおりて、ワシリー大聖堂とスパスク塔のライトアップが輝いた。塔の大時計の重い長針がガツンと動いて、重々しく鐘を鳴らした。

VIP席の観客がざわついている。クレムリンの通用門が開き、黒服の男たちに先導された小柄な人の姿が見えた。まっ黒なポロシャツの上に背広を着ている。右肩を心もちさげて、だらりとした腕を前後にふる特徴のある歩き方……。

思わずつぶやいた。

「プーチン大統領[34]だ！」

おれたち警備員は、なにも聞いていなかった。

赤の広場の向こう側は、クレムリンの大統領宮殿である。ドーム屋根にロシアの三色旗が掲げられれば、大統領が執務している印だ。まさか、コンサートに現れるとは驚いた。

観衆はいっそう盛りあがっている。なんという幸運だろう。最大の敵が、自ら歩いてやってきた。いまこそ、チェチェンの悲劇をとめるチャンスだ。

アクーニンが目ざとく大統領に気づいて、さっと立ちあがった。ところが、プーチンはVIP席を素通りして、ブロックひとつ後方の一般席の最前列に立った。その場所で、モスクワ市長のルシコフが、満面の笑みで待ちかまえていた。

今夜、ここでもっとも危ない場所は、VIP席に違いない。プーチンの嗅覚か、それともおれの計画が発覚したのではあるまいか。ルシコフとは政敵のアクーニンが苦りきっている。このふたりが、つぎの大統領を争うとうわさされていた。

プーチンは、表情ひとつ変えない。ルシコフに顔をよせ、なにごとかささやいた。だが、アクーニンこそ信頼する片腕のはず。謀略も陰謀も、ロシアの裏を知りつくした悪人だ。

ひげの警備隊長が、うわずった声で指示を飛ばした。

「大統領の警護に専念せよ！　ほかはもうよい」

緊張がにわかに高まった。おれは、インカムの周波数を暗号に切り替えた。

「マグ、いまプーチンが現れた」

「アル、なんだって？」

「大統領だよ。ＶＩＰ席から百メートルうしろだ。見えるか？」

「どうするね？」

「ターゲットを変更する」

「大統領を殺るか？」

「そうだ。アクーニンもまとめて始末する。これで戦争も終わる」

「この位置からは、大統領までちょっと遠いな」

「爆破すれば大混乱になる。大統領がまっ先に逃げ出すところを撃て」

「了解」

「はずすなよ。おまえの腕を信じている」

おれがＶＩＰ席を爆破し、マグは大統領を射殺する。

ポールも、大統領一行の到着に気づいた。ステージから、ロシア語で呼びかけた。

「プリヴィエット　リビャータ！（こんちは、みなさん！）」

観客が、どっとわいた。独裁者のような大統領に面と向かって、ため口をきくやつなどほかにいない。やはりポールは、快く思っていない。巻きぞえは、気の毒に思えた。

だが、そのタイミングは近づいている。腕時計は〝一〇時一〇分〟を表示した。

あの知られた曲が演奏されたら、携帯電話を操作して起爆させる。ロシア人のだれもが熱狂し、みんながステージに釘づけになるに違いないからだ。

コンサートは、ますます盛りあがっている。いったいどうやってもちこんだのか、花火を焚く若者がいた。火をつけて、キャンドルがわりにふっている。火の粉が引火すれば、爆発しかねない。おれは、すぐにもやめさせようとした。

「お客さん、花火は禁止だ」

「なんだと！」

「ここでは、危ない。やめないなら退場させる」

「なめてるな。おれたちは、ＦＳＢの身内だぜ！」

男が、脅し文句をちらつかせた。こんな馬鹿に関わっている暇はない。若い男女の襟を背中からつかんで、外へつまみ出そうとした。

連れの若い女が、恐ろしい悲鳴をあげた。

「助けて！　フーリガンよ」

だれも信じないだろうと思った。ところが、ひげの警備隊長が騒ぎに気づいた。

「おい、ディマ。なにしてる？」

「注意しただけです」

女はまだ、おれをにらんでいる。隊長は、気味悪いほど卑屈だった。

「おけがはありませんか？」

そして、隊長がおれを叱責した。

「ここはＶＩＰ席だぞ。おれの立場がない。おまえは、いますぐクビだ」

おれは泡を食った。

「待ってください」

その男女にあやまって、ハンカチでベンチをぬぐい、機嫌を取って座ってもらった。隊長は、チッと舌打ちして去った。ほかのＶＩＰの客が、気の毒そうな顔でおれにささやいた。

「アクーニンの娘だよ。気をつけるんだな」

もうすぐ、親父と一緒にあの世へ送ってやる。

ワシリー大聖堂が、燃えあがる赤に照らされている。胸の内で溜飲をさげた。ロシアで〝赤〟は美しさだが、チェチェンでは血の色だ。血に染まって、新たな歴史を刻むだろう。お楽しみの時間は、もう残りわずかになった。いよいよ二十二番目の、あの曲が近づいた。

キーンとかん高いジェット機のごう音が、スピーカーから響いた。上空に戦闘機が飛来したかの臨場感がある。演出の白いスモークが噴き出した。携帯スコープでのぞくと、大聖堂のクーポラの陰から、ライフルの銃身がこちらに向けられている。

「マグ、いよいよ決行だ」

「ＯＫ」

聞き覚えのあるギターのイントロがはじまった。数万人が総立ちになって石畳が震えた。

「もう少しいいところまで聞かせてやろうか」

と、おれは情けをかけた。

ポールと観衆がひとつになって、決めぜりふを絶叫している。

ＵＳＳＲ（ソ連）[35]とは、なんと苦々しい響きだ。おれがロシアに乗りこんで、悪人どもの息の根をとめてやる。この数万人のなかで、一番のラッキーボーイとはおれのことだ。

アクーニンは愛人のナタリヤの手を取り、尻に手をまわして踊っている。そのままＶＩＰ席から下へおりて、通路に出てしまうかもしれなかった。

「おさらばだ」

小さくつぶやいてその場を離れた。インカムを口もとによせ、マグに聞こえるよう爆破までのカウントをはじめた。大聖堂のクーポラの陰で、ライフル銃の照準器がキラッと光った。

「５、４、３、２」

起爆ボタンに指を触れようとした、その瞬間だった。

あの青いベビーカーが、小きざみに振動しながら坂をころがり落ちてゆく。ソ連映画のワンカットのようだ。赤の広場は東のモスクワ川のほうへ、急角度で傾斜している。

白いスカーフの母親が、口を両手でおおった。おれはとっさにいった。

「マグ、ちょっと待て」

マグはライフル銃の引きがねに指をかけている。驚いた声で、

「なにがあった？」

と聞いた。

だが、おれはもうベビーカーへ突進していた。人波をかきわけ前へ手をのばした。赤の広場の坂道が大通りと交わる手前で、ようやくハンドルをつかまえた。

のぞきこむと、赤ん坊の泣きはらした顔が見えた。ふっーと、大きく息をついた。その子の

父親らしいユダヤ帽の男が、足をもつれさせながら駆けつけた。

「娘は、無事ですか」

「大丈夫だよ。ほら、元気に泣いているだろ」

母親も追いついて、子どもを抱きあげた。

「ルルゥ！ よかった」

子どもはぴたりと泣きやみ、ほっぺをふくらまして笑った。

おれは、はっとした。

「ルルゥだって？」

「ええ、この子の名前よ」

「真珠だね」

「よくごぞんじで。わたし、パレスチナ人なんです。あなたも？」

「おれは、チェチェン人だ」

しまったと思ったが、遅かった。母親は笑顔を浮かべている。

「ありがとう。娘の命の恩人よ」

「なんでもないさ。もう家に帰ったらどうだ」

ふたりは、きょとんと顔を見あわせた。しかし、夫はいったいなにものだろう。

「わたしたち、演奏旅行にきたの。お礼をしたいから、あとで連絡ちょうだい」

小さなカードを押しつけて、夫婦と子どもは音楽の渦のなかへ戻った。

おれは、それをしげしげと見た。夫の名前とメールアドレスが印刷してあった。ヤハロームとある。ユダヤ人だ。娘をルルゥと呼んでいた。おれの子が女なら、同じ名をつけただろう。

まるで、狐につままれたようである。ルルゥの未来を、この場で奪ってよいものか……。おれは決断した。

「マグ、今夜は中止する」

「えっ？」

「撤収だ」

「アル。いったい、どうしたんだ？」

「いいから、下へおりてこい」

そのまま、モスクワ川の橋へつづく坂道を足早にくだった。逃走用のボートが、すぐ近くに係留してある。川をくだってから、車に乗り替えて逃げる手はずだった。

マグが現れない。赤く輝くワシリー大聖堂のクーポラを見あげたときだ。

鉛色のライフルの銃身が、おれに照準をあわせていた。金属音がした気がする。

心臓がかっと熱くなって、反射的に嘔吐(おうと)した。唇の端がなま温かい血液で泡だち、口をおおった両手がまっ赤に染まった。おれは、冷たい石畳に倒れこんだ。

インカムはまだ通じていた。声をしぼり出した。

「マグ。なぜだ？」

「………」

「裏切ったな」

「悪いな」

目の前が、白っぽくなった。

マグの声がする。

「アル。おまえには、消えてもらう」

「悪人は、だれ……」

おれは大量の血を吐き、喉につまらせた。もう話せなかった。

「教えてやろう。戦争で得するやつらだ」

意識が遠のいてゆく。ポールの弾くピアノのバラードが、かすかに聞こえた。

蟬

一九九八年八月の物語

ザ・ペニンシュラのスプリングムーン（嘉麟楼）に、サンダルウッドの芳香が漂っている。香港でも伝統ある広東料理の名店として知られ、豪奢な邸宅の風情がある。創業した一九二八年の内装を復元するため、手をかけてリフォームされたばかりだ。

わたしは、かすかな記憶の糸をたぐって、高い天窓のステンドグラスを見あげた。淡いオレンジ色の幾何学模様が、うっすら光を映す。まだ少年のころ、堅苦しい食事に退屈し、そのガラスの不思議な組みあわせを飽きもせずにながめていた。

あれは、太平洋戦争の足音が聞こえるころ――

わたしと父母は、この香港のホテルにしばらく滞在していた。父は、上海にあった米国聖公会の宣教師だった。わたしが生まれる前に、ボストンから母を伴って赴任した。上海事変[36]が起こるまで、わたしは中国で子ども時代をすごしていた。

ホテルの玄関にライオン像があって、恐ろしい形相でにらみをきかせていた。顔なじみになったベルキャプテンからは、

「悪魔を追い払うお守りですよ」

と、聞かされた。

それから数年後に、このホテルにも大日本帝国の軍人が現れた。

あの時代、大人たちは〝ニップ！〟といって、彼らを侮蔑していた。だが、香港はあっさり占領されてしまった。大人たちは降伏し、この小さな植民地から逃げ出した。

レストランのどこからか、かん高い笑い声が聞こえて、我に返った。

「あなた。なにか、考えごとでも?」

黒檀(こくたん)のテーブルの向かい側で、ヤヨイが小首をかしげている。スープをひと口味わって、白磁の蓮華(れんげ)をそっと手もとに置いた。キャンドルが揺れ、ほおをほのかに照らした。

「ああ、すまない。つい、むかしを思い出してね」

「そうなの」

妻のヤヨイは日本人だ。

わたしは、かつての敵国の女性と結婚し、子どもはいなくても、長く幸せな人生をともに送った。戦争直前の少年のころには、そんな未来があろうとは想像もしなかった。

その晩は、わたしたちのほかに、中国人が何組か食事をしていた。本土からであろう。ここが中国に返還[37]されたせいか、香港人とは雰囲気の違う人々が目につく。

わたしは、竹かごの蓋を開けて、白い湯気をあげている点心を皿に取りわけた。ヤヨイには漢字の〝福〟の皿に盛り、わたしは〝徳〟の字の皿にした。

「広東風だから、ちょっと甘いかもしれないよ」

「けっこうよ。辛いほうが苦手だから」

「船旅は疲れたかい? 体調はまだすぐれない?」

数日間のクルーズから解放されて初めてだが、ヤヨイは食が進まないようだ。ツバメの巣を溶いた豆腐の熱いスープと点心で十分といった。

「あなたにとって特別な場所なのに、わたしがこんな体調で」

「今夜はゆっくり休もう。ここでは、床がゆらゆら揺れないから」

ほおをゆるめて、ヤヨイがにっこりした。

「ジェームス。どこか行きたいところがあるって、心待ちにしてたわね？」

「明日はぜひ、きみに紹介したい人がいるんだ」

わたしたち夫婦は、ボストンの静かな郊外に暮らしている。この夏は、思いきって日本と中国をめぐる三週間の船旅に出た。

初めに、飛行機で長崎へきた。ヤヨイは、五島列島が生まれ故郷だった。長崎からクルーズ客船に乗って、沖縄と台湾に立ちよりながら、今朝、香港に着いたばかりだ。

わたしはアメリカ人だが、故郷は中国にある気がしてならない。七十歳を越えた夫婦それぞれの里帰りの旅、たぶんこれで見納めになるであろう旅だった。

緋色の壁を背に座っているヤヨイが、小走りで近づく紳士に気づいた。

「ジェームス、あの方？」

黒のボウタイを締めた男性が、磨きあげられたチークの床を小さく鳴らして近づいた。わたしの椅子の背もたれのうしろに立つと、コホンとひとつ咳ばらいした。

ささやくような声でいった。

「ハティントンさま。宿泊名簿がございました」

このホテルの支配人だった。すぐにも報告したかったのだろう、端正な顔立ちがほんのり紅潮している。古びた革表紙の宿泊名簿を開いて見せた。

「ごらんください。ここです」

セピアに色あせたインクの筆跡を指でなぞった。

ハティントン家
　チャールズ　メアリ　ジェームス
　　　一九三七年八月八日

まぎれもない父の筆跡だ。父がチャールズ、母はメアリ。わたしがジェームスである。

チェックインするときに、

「戦前、このホテルに泊まって以来になる」

と、雑談を交わした。フロント係が、記録を調べてみましょうといった。

支配人は、わざわざ宿泊の記録を見つけ出してくれた。

「ようこそ、お帰りなさいませ」

このホテルでは、名簿やサイン帳のたぐいは大切に保管されている。たちまち、両親とすごした懐かしい日々がよみがえった。

年齢のせいだろう、目頭が熱くなった。支配人をねぎらった。

「六十一年も前の記録が残っているとは驚きです。ありがとう」

「欧米人の古い記録には欠落が多いのです。なんでも、戦時中に日本の諜報部がもち去ったとかで。お父さまのご署名の写しを、お部屋へ届けさせましょう」

支配人は一礼して、テーブルから離れ去った。

ヤヨイが、木綿のナプキンをテーブルにそっと置いた。わたしたちは腕をさりげなくからめて、コロニアルスタイルの列柱の廊下を歩いた。エレベーターの前に立つと、白い筒型の帽子をかぶったページボーイが真ちゅうのボタンを押してくれた。

部屋は、灰色の石造りの本館にあった。ちょうどファサードの上の五階だ。二間つづきのセミスイートで、むかしと変わらない古風な英国調のしつらえである。

ベッドメイキングがすんで、窓に厚いカーテンがおろされていた。ヤヨイがロープを引いてするすると開けた。

「まあ！」

ソールズベリー公園の向こうに、香港島の夜景がまばゆく輝いて見えた。ガラス細工のような中国銀行のタワーの先端に、丸い月がかかっている。ニューヨークやロサンゼルスの摩天楼とは違って、光が交錯するアジアの色彩であった。

「すっかり変わったな」

「もう、半世紀も前の記憶なのでしょう？」

「日本には龍宮城のおとぎ話があったね。いまは、そんな気分かな」

わたしは、鉄の重い窓を押した。心地よい海風が、ビクトリア湾を渡って吹いている。

「あっ」

ヤヨイが驚いた。

「どうかした？」

「蟬（せみ）」

一匹の蟬が、羽音をさせて飛びこんだ。天井のシャンデリアのあたりを舞って、クリーム色の布を貼った壁にしがみついている。

「どうしましょう。客室係を呼びますか？」

「放っておけばいいよ。しばらく窓を開けておこう」

アジアの蟬は、アメリカの蟬とは違って優雅だった。中国の夏は蒸し暑かったけれど、蟬の音は涼しい風のように聞こえた。うす茶色の蟬を見つけ、友だちと木に登って捕らえたものだ。ジーリャオ、ジーリャオと、その鳴き声をまねたこともあった。

「ひさしぶりに湯を張ろうか」

「そうね、船では水に気兼ねしたわ」

ヤヨイはソファに座ってくつろいでいる。

バスルームの真ちゅうの蛇口をひねると、湯が勢いよく流れた。青いガラスの小瓶に入ったバスソープを入れた。白く細かな泡がわき立ち、さわやかな匂いが部屋に満ちた。

開け放した窓から、蟬はいつの間にか外へ出ていた。

翌日は、朝からよく晴れあがった。

部屋で軽い朝食をとってから、ソールズベリー公園を散歩した。摩天楼に霞がかかって、蒸し暑い一日になりそうだ。蟬たちも、木の幹にはりついて鳴きはじめた。

わたしたちは埠頭のベンチに腰をおろし、ビクトリア湾をながめながら話した。

ヤヨイが聞いた。

「今日は、どんな予定なの？」

「友だちを訪ねようと思うんだ」

「古いお友だち？」

「ああ、上海の幼なじみでね。漢字で元龍と書いて、ユンロンというんだ」

「ユンロンさん……」

と、ヤヨイがつぶやいた。わたしは、対岸の香港島を指さした。

「あちら側に住んでいる。戦争で別れたきりなんだよ」

「お仕事は？」

「彫刻師らしいね」

頭の片隅に、いつもこの友がいた。一九八九年のこと。自由化を求める若者が起こした天安門事件[38]のあとで、ボストン・グローブ紙に小さな記事が載った。〝上海のキリスト教会がふたたび閉鎖された〟という内容だった。

わたしはすぐに気づいた。それが、父の教会だったからだ。記事にあった〝ユンロン〟という信徒の名前に見入った。ユンロンは自宅に軟禁されたあと、厳しい監視をかいくぐって香港へ逃れたと報じられていた。

ヤヨイはユンロンに同情した。

「あなた、長崎のキリシタンが迫害された歴史を知っているでしょう。ユンロンさんは、現代の〝潜伏キリシタン[39]〟のようね。気の毒だわ」

「そうだね」

「いまの香港は安心なの？」

「わからんな。香港でも、中国の追及が厳しくなるらしい」

ユンロンが、それから彫刻家として成功したところまで記事で読んだ。印章を彫る大家らしい。香港島のマンワーレイ（文華里）に店を構えていた。

「会いに行ってあげて。なにか、お力になれるかもしれない」

ヤヨイが急かすようにいった。

その日の午後には、対岸の香港島と結ぶスターフェリーに乗った。軽やかに波を蹴って、貨物船の間を縫いながら進む。デッキに立つと、摩天楼がぐんぐん迫った。

わたしには、土地勘があった。香港島のセント・ジョーンズ大聖堂を覚えていた。クイーンズロードを少し歩いて、聖堂のほど近くにマンワーレイがあったはずだ。

すぐにわかった。大通りから入った狭い路地に、印鑑を彫る屋台が軒を連ねている。一軒の屋台の主人から、ユンロンの店を聞き出した。

ほかの店と違って、白御影石を張った立派なビルだった。一階が店舗で、上の階に工房や住居があるようだ。ショーウインドーに、龍頭の神亀のみごとな石彫が置かれていた。

　わたしとヤヨイは、象牙や氷柱のような水晶を飾った店内をひとめぐりし、年配の職人風の男に声をかけた。

「失礼ですが、ここはユンロンの店でしょうか？」

　男は気難しそうに見える。わたしが流ちょうな広東語を話すので、なお怪しんだ。

「そうですが」

「わたしはジェームス・ハティントンです。ユンロンはいますか？」

「主人は、めったに人と会わないので」

「いえ、わたしは友人です。聞いてみてもらえませんか？」

「お待ちを」

といい残し、とんとんと階段をのぼった。

　ヤヨイは不安げになった。

「きっと、なにか事情があるのよ」

「そうかもしれないが、ユンロンとは親友なんだ」

　しばらく待って、男が戻った。

「お名前に覚えがないそうです」

「えっ」

「あなた、出直しましょうよ」

　ヤヨイがわたしの手を引いた。わたしは腑に落ちなかった。

上着の内ポケットから名刺を出した。この春に退職するまで使っていたものだ。〝ボストン大学医学部教授〟の肩書に線を引いて消し、〝きみの幼なじみ〟と書きそえた。

それを男に託し、ペニンシュラホテルにしばらく滞在していると伝えた。マンワーレイの路地に出ると、ビルの上階の窓からチェロを弾く音色がもれ聞こえた。

すっかり落ちこんでしまい、その晩はホテルの部屋でずっとすごしていた。

夜九時すぎだった。部屋のぶ厚いドアのすきまから、ホテルの白封筒がさし入れられた。足音を消して、外の廊下を去ってゆくボーイの気配がした。

ユンロンからのメッセージだと直感した。筆書きで簡潔に記されていた。

親愛なるジェームス

今日はわざわざ訪ねてくれたのに、どうか許してほしい。あれから長い時間がたって、会う決心がつかなかった。わたしは変わった。それでよければ会いたい。

さっそく翌朝、わたしひとりでもう一度訪ねてみた。

ユンロンは、ビルの住居で待っていた。エレベーターに乗って六階でドアが開くと、小柄な白髪の老人が立っていた。おたがいに顔を見あわせ、息をのんだ。

「ジェームスか?」

顔のしわをよせ、満面の笑みを浮かべた。

「ユンロン！」

わたしたちは、がっちり抱きあった。

「まあ、入ってくれないか」

ユンロンがいった。

幸運の文字が書かれた赤い紙を貼った玄関から、リビングへ招き入れられた。明るい窓辺の光で、ユンロンの顔を見た。しわが刻まれても、利発な黒い瞳は変わらなかった。

ふたりの沈黙が、ゆっくりと時間を巻き戻した。

「奇跡だ」

ユンロンが口を開いた。

「信じられないな」

「また会えるとは。上海の租界が日本に占領されて、外国人は船で脱出した。無事に太平洋を渡れるとは思えなかったんだ」

「きみも、あの時代をよく生き抜いたよ」

ベージュのシルクの服を着た女性が、中国茶の盆をもって部屋に入った。ユンロンが、その盆を受け取って花梨の大卓に置いた。女性は笑みを浮かべ、控えめにいった。

「妻のウォンフェイです。あなたは、司祭さまの息子さんですね？」

司祭というのは、わたしの亡き父である。

「はじめまして。ユンロンとは、父の教会学校の幼なじみで」

わたしは快活に笑った。ユンロンの表情が少し陰った。

金木犀の茶が白磁のカップにそそがれた。ひと口ふくみ、懐かしさに満たされた。

ユンロンに向き直って、むかしの思い出を聞いた。

「蟬捕りしたのを、覚えているかい？」

「ああ、そうだったね」

「きみは名人だった。鳴き声をまねて、そっと近づいて手で捕まえるんだ」

「ジェームスは、蟬を怖がっていなかったか？」

「でも、すぐに夢中になったな」

幼いころ、上海には白亜の大聖堂があった。ユンロンの両親は、司祭の父を慕う熱心な信者だった。同い年のユンロンとは、すぐに打ち解けた。退屈な礼拝を抜け出し、近くの公園の林のなかを駆けまわって遊んだ。

ある日曜日の朝早く、そこで蟬の羽化を見た。楡の木の太い幹に、琥珀色の虫がしがみついていた。殻の背中が割れ、白い蟬が現れた。羽の色がうす緑に変わってゆく。わたしたちは、自然の生命の神秘に見とれた。

ユンロンの父は、篤実な人柄だった。司祭を支え信徒の世話をする執事に任ぜられ、孤児たちに食事や衣服を届ける奉仕をしていた。

「あのあとで、ご両親を亡くしたそうだね？」

ユンロンは、つらい記憶にじっと耐える表情になった。

「殺されたんだ」

それは、一九三七年の八月だった――

上海はすでに、日本軍の手中に落ちていた。わたしたち一家にも、アメリカ大使館から帰国の指示が届いた。父はユンロンの両親に教会を託し、香港へ脱出した。間もなく、日本の上海派遣軍と中国の国民政府軍との間で、激しい市街戦がはじまった。

その日は、日本海軍の爆撃機が飛来した。ユンロンの両親は、駅のまわりで暮らす多くの孤児を大聖堂にかくまおうと駆けつけた。ところが、上海から逃れるため集まった人々の頭上に爆弾が投下され、駅舎ごと多くの民間人が殺された。

ユンロンは、親の死に目に会えず、どこに埋葬されたのかもわからない。先祖を敬う中国人には、親の墓がないのがどれほど屈辱だったろう。その心中を思った。

「申しわけなかった。教会は、なにもできなかったんだから」

「おれは、たったひとり残された。どうしても許せない」

ユンロンが低い声でうめいた。

わたしは、激しい動悸を感じた。心の呵責があるからだ。信者を捨ててアメリカへ逃げ帰った宣教師を、ユンロンは許していない。だから、冷たく面会を拒んだのではないか。

ユンロンは、わたしの胸の内を察した。

「許せないのは、日本人だ」

沈黙の時間が流れた。わたしの妻が、日本人とはいえなかった。ウォンフェイは、部屋の片隅にいて、わたしたちの会話に静かに耳を傾けている。

ユンロンが立ちあがった。壁に立てかけたチェロを手に取った。背もたれのある紫檀の椅子に腰をかけ、おもむろにチェロを構えて弓を動かした。

腹に響く、悲しげな低い音がする。チェロが息を殺し、泣いているかに聞こえた。ユンロンは目を閉じたままだ。鋭角なほおに、銀の細い糸がすっと伝って流れた。

カタルーニャ地方の〝鳥の歌〟だった。三分ほどで弾き終えた。

ウォンフェイがいった。

「主人は、つらいときにこの曲を弾いているのです。なんどでも、繰り返し……」

わたしは背中を丸めて、とぼとぼとホテルへ帰った。

まだ、昼すぎだった。ヤヨイはショッピングに出たらしく留守にしていた。

香港島が見える窓辺で、緑色の革を張った机に向かって手紙を書いた。わたしの亡き父にかわって、謝罪の気持ちをひと文字ずつ丁寧につづった。

やがて、ヤヨイが戻った。わたしの浮かない表情に気づいて、ちょっと心配そうに聞いた。

「あなた、どうかしたの？ 顔色がよくないわ」

「いや、なんでもない。きみは？」

「ウィリアム・ユーの店で、チャイナドレスを頼んだの。明日には仕立てられるって」

「すてきだね。きっと、きみに似あうよ」

明るい妻の顔を見ていると、病気がうそのように思える。わたしたちは連れ立って、ホテルからさほど遠くないジェイド・マーケットへ散歩に出かけた。

朱塗りの柱に〝玉器市場〟と刻まれた門をくぐると、宝石を商う屋台がひしめいている。天然の鮮やかな色彩に目を奪われながら、市場の喧噪を縫って歩いた。

さっそく、ヤヨイが呼びとめられた。店員に茶をふるまわれ、トンボ玉の腕輪の品定めをしている。妻をそこに残して、わたしはひとりでそぞろ歩いた。

路地裏のうす暗がりに、赤電球を灯した店があった。店番をする高齢の女性と目があった。わたしが笑いかけたら、鋭いまなざしで手招きされた。

勧められ、粗末な木のベンチに座った。女性は、わたしに一枚の紙を示した。人の顔の輪郭が描かれ、顔の部分ごとに文字が書いてある。その紙と、わたしの顔を見くらべた。

占い師のようだ。わたしは問いかけた。

「なんでしょう？」

女性は、ようやく口を開いた。

「中国語がわかりますか？」

「はい」

「あなた、運気が落ちているようですね」

「どういうことで？」

その女性は、人相が読めるという。わたしは、中国の長い歴史に培われた占いには、なにかしら根拠があると知っていた。運気の話を聞いてみようと思った。

「あなたの顔に、苦の相が浮かんでいるのですよ」

「そんなにつらそうな顔をしていましたか？」

「笑っていてもわかります。翡翠をおもちなさい。中国ではそうするのです」

わたしは、ヤヨイが心配になって引き返した。道すがら、ある店のショーケースが目に入った。緑色の石が並んでいる。手持ちぶさたにしているインド人の店主に声をかけた。

「これ、天然の翡翠ですか？」

店主がわたしを見て、英語でいった。少し気分を悪くしたようだ。

「そうですよ。うちは、人工石を扱いません」

「いくつか見せてください。健康を守ってくれる石を」

にっこりした顔になって、奥の金庫を開けた。整然と区切られたケースを取り出すと、そのなかのひとつを選んだ。

「さあ、どうぞ」

といって、ベルベットの布の上に置いた。手のひらに載せるとしっとりなじんだ。

「ほっ」

と、ため息がもれた。めずらしい色の翡翠だった。

「緑ではないですね？」

「うす紫のラベンダー色をしています。高僧が身につけた翡翠といわれています」

ほかよりも高価だったが、ヤヨイには内緒で買った。

ホテルへ帰ると、フロントの青年に呼びとめられた。ここのスタッフとは、もうすっかり心やすくなっていた。

「ドクター・ハティントン！」

「なんだね？」

「これを。先ほど、クーリエがもってまいりました」

そういって、一通の封筒をさし出した。わたしは、大理石のカウンターに片肘を置いて表書きをながめた。古風な活字で〝チャイナ倶楽部(クラブ)〟と型押しされている。

「ご覧になりますか？」

フロントの青年が、ペーパーナイフを手渡した。封を切ると、金の縁取りをした厚紙の招待状が入っていた。

ミスター&ミセス　ハティントン
明日午後六時　チャイナ倶楽部でお待ちします
ユンロン　ウォンフェイ

ヤヨイに、そのカードを見せた。

「まあ、ユンロンさんのご招待ですね」

「あと二日で香港を離れると話したから、送別会のつもりだろうね」

「わたし、チャイナドレスを着てみようかしら」

妻は、とてもうれしそうだ。

フロントの青年にタクシーの手配を頼んだ。翌日の夕方になって玄関へ出ると、ホテルのモスグリーンのロールス・ロイスが待っていた。わたしたち夫婦への支配人の気遣いだった。

ページボーイがドアを静かに閉じた。

「わたし、こんな車初めて」

ボストンでは十四万キロも走ったフォルクスワーゲンに乗る妻がいった。

車は、ビクトリア湾の下を通るトンネルを抜け、対岸の金融中環へ入った。重厚な石組みの車寄せに、ロールス・ロイスがすべりこんだ。

チャイナ倶楽部は、ある銀行の旧館の最上階にある。戦前の古風なエレベーターで十二階へあがり、落ち着いたライブラリーに案内された。そこで、ユンロン夫妻が待っていた。

「ようこそ。香港は、今夜が最後だったね？」

「そうなんだ。名残惜しいよ」

わたしは礼を述べ、ヤヨイを紹介した。ユンロンはにこやかにしているが、妻が日本人と気づいたのだろう。不可解な表情を浮かべた。ウォンフェイはさっそく、ヤヨイが着ているミッドナイトブルーのドレスをほめちぎっている。

倶楽部のマネージャーが現れ、さらにひとつ上の階へ案内した。かつての重役室なのか、英国風の暖炉がある個室へ通された。リネンのクロスを広げた円卓が用意され、二組の夫婦が向かいあってなごやかに笑った。

今宵のホストのユンロンがいった。

「ここは広東料理でも、斬新なヌーベル・シノワなんだよ」

わたしたち夫婦には、初めて聞く料理だった。食前酒のシェリーが用意されたが、ヤヨイはアルコールを控えた。ウォンフェイが食前の祈りを唱え、みんなで小さく頭を垂れた。

わたしは、ユンロンに聞いた。

「きみは、この倶楽部の常連のようだね」

「ああ。少しばかり成功してね」

ヤヨイは興味深そうにした。

「彫刻をなさっているんでしょう?」

「たいていは印章を彫っています。中国では、石にこだわりがありましてね。人それぞれの願いごとを聞いて、それにふさわしい石を選んで作るのですよ」

「まあ、すてき」

フランス料理や日本の懐石のように、美しく盛られた皿がつぎつぎ運ばれた。どれもあっさり上品な中華だった。これならヤヨイの口にもあうと思って、ひと安心した。

たわいもない話で気心が知れたころ、ユンロンがいった。

「ジェームス、きみたち夫婦の出会いを聞かせてくれないか」

わたしはナプキンで唇の端をそっとぬぐった。

「ずいぶんむかしになるんだよ」

ユンロン夫妻は、箸をとめて耳を傾けた。

「ぼくは、中国からアメリカに戻って医学校に入った。戦争が終わってから、日本の長崎にある療養所へ派遣されたんだ」

ヤヨイが、うつむき加減になった。わたしは話をつづけた。

「そこに、ヤヨイのお姉さんが入院していた。つきそいのヤヨイと知りあって、それで」

「恋に落ちたのね?」

ウォンフェイがほほ笑んでいる。

ヤヨイは背筋を伸ばした。

「わたしの姉は、被爆者なのです」

ユンロン夫妻が一瞬沈黙した。控えめに聞いた。

「あなたも、恐ろしい目に?」

「いいえ。原爆が落とされたとき、わたしは離島にいました。でも、姉だけが長崎の女学校に入っていて……」

「なんてことなの」

ウォンフェイがつぶやいた。

「お気の毒に思います」

ユンロンは、ヤヨイの目を見て真心からそういった。ウォンフェイが尋ねた。

「アメリカが憎くなかった?」

「もちろんそうですが、ジェームスは献身的でした。姉は命びろいして、いまは東京に近い海辺の街で静かに暮らしているんです」

「それはよかった」

ほっとした雰囲気が戻った。だが、ユンロンは真剣な表情のままだった。

「許したのですか?」

少し考えて、ヤヨイが答えた。

「憎しみあっているうちは、戦争が終わりません」

わたしも、ユンロン夫妻のなれそめを聞きたかった。

「きみたちはどうなんだい?」

「時代が悪かったからね。ウォンフェイは、おれが預けられた家の娘なんだ」

「そうだったのか」

「ああ。彼女の両親が心の広い人たちで、孤児なのに息子のように育ててくれた。あと継ぎにしようと、長女のウォンフェイと結婚させたのさ」

ヤヨイには、ユンロンの生い立ちを話してある。ただ黙って聞いていた。食事を終えたところで、妻たちはライブラリーのソファに移ってお茶を楽しんだ。

わたしとユンロンは連れ立って、螺旋階段をおりてバーへ行った。わたしはシングルのスコッチを頼み、ユンロンは煙草を吸った。毛沢東を描いた現代アートが飾ってあった。

煙を吐きながら苦笑している。

「ここは、マオズ・バーというんだよ。毛主席が見たら驚くだろうな」

この倶楽部は、中国の銀行が経営している。香港の社交場だったが、このごろは本土からも裕福な人が通っていた。

「ユンロン。きみは、ヤヨイのような日本人をどう思う？」

「礼儀正しくて、思いやりがあるね」

「時代は変わったんだ。まだ、許すつもりはないのか？」

「論争するなんて、おれには意味ないよ」

「そうか……」

右手で煙草をもみ消し、心臓をたたくしぐさをした。

「頭でわかっても、心は別だ。父母を奪い、故郷を踏みにじったのが許せない」

わたしは、上着のポケットからあの翡翠を取り出した。

「これを、ヤヨイのために彫刻してくれないか？」

ユンロンが驚いた顔をした。ラベンダー色の翡翠をじっくり観察した。

「よい石だね」

「ああ。市場で偶然見つけたんだ」

「いったい、なにを彫れと？」

わたしの胸に、熱いものがこみあげた。

「妻は、癌なんだ。もう手のほどこしようがない」

「なんだって。元気そうに見えるが」

「ぼくが執刀して手術したんだが、腫瘍（しゅよう）をすべて取りのぞけなかった」

ユンロンは、もどかしそうにしている。慰める言葉を思いつかないからだ。

「わかったよ」

その翡翠を布にくるんで、革のポーチに大事そうにしまった。わたしは、ボストンの自宅へ請求書と一緒に送ってくれるよう頼んで、チャイナ倶楽部をあとにした。

翌朝には、クルーズ船に戻って最後の寄港地、上海へ出発した。

二昼夜の航海で、黄土色をした揚子江（ようすこう）の河口が見えてきた。この大河の悠久の流れこそ変わらないが、半世紀で街は一変した。船は、支流の黄浦江（こうほこう）の国際ターミナルに到着した。

この旅の終わりに、わたしが両親と暮らした場所を訪ねようと思っていた。妻は先に、滞在先に予約した和平飯店へ向かった。このターミナルの一帯は、アメリカとイギリス、日本の国際租界だった。かつて、父が奉仕した教会を探して歩きはじめた。

宇宙船を思わせる電視塔や超高層ビルが対岸に見える。子どものころの思い出を頼りに、大名路という通りを見つけた。運河を渡ればすぐ左手に、白亜の鐘塔がそびえているはずだ。

「このあたりだ！」

と、笑みがこぼれそうになった。だが、そこには大聖堂の跡もなかった。

往来を歩きまわって、懐かしい公園に行き着いた。〝魯迅公園（ろじんこうえん）〟とある。わたしたち外国人はそこを、ウォーリーレス・ガーデンと呼んだ。春には梅の回廊をくぐって遊び、夏の朝には池の蓮の花が一斉に開いて、蝉が涼しげに鳴いていた。

その〝平穏な園〟という名前とは裏腹に、戦争に翻弄されたところだった。わたしたち一家が上海を脱出するころには、日本の派遣軍の駐屯地として接収されていた。

あのころ、わたしとユンロンが登った楡の大木はもうないけれど、池を渡る石橋はそのままだった。しばらく公園で休憩し、気を取り直して聖堂を探した。どうやら、その跡地が住宅街に変わっているようで途方に暮れた。

「なにかご用でも？」

わたしの様子を見て、アパートの管理人が声をかけた。

「戦前に、この近くで聖堂がありませんでしたか？」

と話すと、心あたりに電話をかけて調べてくれた。

そこから五分ほどの灰色のビルを訪ねるようにいわれた。門柱のプレートには〝愛国教会〟と金字で刻印されている。先ほどの管理人が呼び出してくれたのが、この教会の執事をしている中年の男性だった。

年齢は五十代だろうか、満面の笑みで両手をさしのべた。わたしは自己紹介した。

「あなたが、戦前の司祭さまのご子息で」

「そうです」

「驚きましたな。ここではなんですから、どうぞ礼拝堂へ入ってくださいますか」

周囲を見まわして、地下へつづく階段をおりた。礼拝堂の正面には、金メッキをほどこした十字架が掲げられ、その下に堂々とした黒檀の説教台がしつらえてある。木製のベンチに並んで腰をおろすと、執事が声を潜めていった。

「公安警察の目がありましてね。いまでも、外国人の布教は禁止されているのですよ」

「いいえ、わたしは宣教師ではないのです」

不思議そうな顔をした。

「なぜ、ここに?」

「虹口救主堂を探しているのです。上海で育ったもので」

「そうでしたか」

執事は、寂しげな表情を浮かべた。このあたりは、上海事変でがれきの街と化していた。米国聖公会だけでなく、英国聖公会もカトリック教会も破壊された。ヨーロッパ風の瀟洒なたたずまいは、見る影もなかった。わたしはいった。

「上海での思い出が、心の棘なのです」

「といいますと?」

「父は、医療のかたわら伝道していました。情熱にあふれ、たくさんの人が支えてくれたのです。ところがあの戦争で、あなたがたを見捨てた。それを、亡くなるまで悔やみました」

執事は深くうなずいた。彼は、父チャールズ・ハティントンを知らなかった。生まれる前だから無理もない。その後の教会の歩みを、ぽつりぽつりと話しはじめた。

「共産主義になってから、外国の宣教師が追放されたのです。あなたがただけではない。文化大革命では殉難者も出た。細々再興した建物が焼き払われ、信者は連行されました」

声を潜めていった。文革が終わると、共産党のもとで〝愛国教会〟だけが認可され、外国からのあらゆる援助は断ち切られたという。

わたしは、ユンロンが上海を去った事情を聞いた。さっと表情が曇った。

「なにも聞いていないので？」

「いいえ、なにも」

執事の言葉は、まったく意外だった。

「棄教です」

「なんですって。まさか、あのユンロンが」

「真実です。教会の責任者でしたから、地方政府との板ばさみで苦しんだのです」

「弾圧ですか？」

「ええ。九年前の天安門事件はごぞんじでしょう。そのころ、我々はまだ当局のお墨つきをもらっていなかったのです」

東西冷戦の時代、父が属した米国聖公会は、中国への布教の拠点を台湾に移した。責任者のユンロンが台湾との結びつきを疑われ、教会そのものが閉鎖された。

「でも、なぜ信仰を捨てたので？　なにがあったのか、教えてもらえませんか」

「あの方の親友なら、知っておくべきかもしれませんね」

そういって、執事は重い口を開いた。

「棄教のわけは、弾圧だけではありません。信仰に関わる葛藤です」

「なんでしょう?」

「許し、です」

「………」

「ユンロンさんには、どうしても許せない記憶があった。ですが、イエスは『敵を愛せ』とおっしゃられている。ずっと、悩んでおられたのです」

「許せないから、信仰のほうを捨てたと」

ユンロンは、地方政府と取引した。自分が教会を去るかわり、当局の監督下で〝愛国教会〟として再開できるよう認めさせた。それからすぐに、妻子を連れて香港へ移った。

わたしは、すぐにもユンロンに会って、友の痛みをわかちあいたかった。

タクシーをひろって、上海外灘（がいたん）にある和平飯店へ帰った。わたしたちは、明後日には飛行機でボストンへ帰る予定だ。ヤヨイは、スーツケースを開いて荷づくりをしていた。

ヤヨイにユンロンの辛い遍歴を話した。手を休めて聞き入っている。

「ユンロンさんには、踏み絵だったのね」

日本の潜伏キリシタンが、数百年もひそかに信仰を守った歴史に思いをはせた。なかには〝踏み絵〟で棄教を迫られた信者もいたと、ヤヨイから聞いていた。

戦争や政治が、その踏み絵を作って、ユンロンは〝許し〟に悩んで信仰を捨てた。

ふと、ヤヨイがいった。

「でもね、神さまは受けとめてくださる。召されるときは、天国に迎えられるはずよ」

「そう、ユンロンの両親は、ずいぶん長く天国で待っているんだからね」

ヤヨイが、香港を経由して帰国してはどうかと提案してくれた。

わたしたちは翌朝、空路で香港のペニンシュラホテルへ戻った。顔なじみのページボーイが、

「お帰りなさいませ」

と、いつものようにほほ笑んでタクシーのドアを開けた。

ユンロンへのメッセージをクーリエに運んでもらうよう、フロントの青年に託した。

「一夜だけ香港に戻った。連絡がほしい」

という伝言だった。明日のボストン行きの飛行機に予約を変更してあった。

返事はすぐに届いた。今夜、ユンロンがホテルへくるという。午後七時に部屋で待った。

コツコツと、硬いノックの音がした。

「やあ、ユンロン」

わたしは笑顔で招き入れた。ヤヨイはあいにく体調を崩して奥の寝室にいる。

ユンロンは心配そうな表情を浮かべている。

「どうしたんだ。ヤヨイさんの具合が悪くなったのか?」

「いや、そうじゃないんだ。きみの顔が、もう一度、見たくなった」

「おかしなやつだな。でも、おれもずっと考えていたよ」

ユンロンにソファを勧め、わたしは紅茶のポットに湯をそそいだ。

「ジェームス、きみは上海ですべてを聞いたかい？」

と、ユンロンが問いかけた。

わたしは、ただ黙ってうなずいた。

「やはりそうか。せっかくの里帰りなのに、不愉快な旅になったんじゃないか」

「それは違うよ。友情は変わらない。きみにまた会えて、よかった」

カップの紅茶を口にもせず、ユンロンはうつむいた。

そのとき、奥の寝室のドアが開いてヤヨイが現れた。部屋着の上にガウンをはおっている。

「こんな姿ですみません。休んでいたものですから」

ユンロンがはっとして顔をあげた。

「お加減はいかがですか？」

「あまりよくないわ」

少し首を横にふって、ソファに座った。憂いがちな瞳で、ユンロンを見つめている。

ユンロンが、ポーチから錦糸の小箱を取り出した。とめ具の爪をはずして蓋を開け、黄色い布づつみをヤヨイの前にそっと置いた。

「ジェームスに頼まれて、あなたのために心をこめて彫りました」

ヤヨイは布づつみをそっと開いた。

「まぁ」

　それは、翡翠の蟬であった。

　ラベンダー色の石が削られ、うすく青緑がかった色あいに変化している。二枚の羽が生き生きと細工されていて、まるで羽化したばかりの姿であった。

「ヤヨイさん、蟬は不老不死の象徴です。癒やしと、再生の願いをこめました。いつも身につけていてください」

　ヤヨイの顔が明るく輝いた。

「ありがとう」

　そういって涙を見せないように、わたしの肩にほおをうずめた。

桜貝の記憶

二〇一七年三月の物語

三月というのに、七里ヶ浜には雪が舞っている。

白い氷の結晶が、凪いだ鉛色の海に触れては消えてゆく。江ノ電の駅のホームのベンチに座って、わたしはめずらしい春の光景に心を奪われた。

下校の時刻だったから、鎌倉高校の同級生が二両編成の緑色の小さな電車にぞろぞろ乗ってゆく。電車をひとつ見送って、十五分近く空と海をなぞって交互にながめていた。

あれからもう、六年がすぎた。

鎌倉行きがホームにすべりこんで、警笛が鋭く鳴った。勢いよく立ちあがって、閉まりかけたドアから飛び乗った。あの日のように、由比ヶ浜へ行ってみよう。

沖の海原に、うすい金色の光の束がふっている。稲村ヶ崎の下を通る極楽寺のトンネルを抜けると、東の空から明るくなった。さっきの淡雪は瞬く間の幻だった。

由比ヶ浜駅でおりて、家の角をすぎてまっすぐ海へ歩いた。稲瀬川の橋から見渡しても、由比ヶ浜にはだれもいなかった。わたしは砂浜へおりた。

細く曲がった河口の波打ちぎわが、いろんな貝殻でおおわれていた。霜が立って、砂浜の表面を軽く浮かせている。さくさく踏みしめ、目をこらして桜貝を探した。

ひとつ見つけて、木綿のハンカチにそっとくるんだ。桃色のセルロイドのようにもろい二枚貝に、うっすら氷の綿毛がついている。白い息を吹きかけるとかすかに揺れた。

二〇一一年の春も、由比ヶ浜に人影はなかった。ひとり、ふみ子さんのほかには――

あの日、浜に干された漁師の網が強い海風に鳴っていた。海ぞいの国道を走る車もまばらだった。鉄塔のスピーカーから、防災無線のアナウンスが響き渡った。

「行方不明のお知らせです。長谷にお住まいの女性が家に帰っていません。服装は、赤いセーターに灰色のズボン。山下ふみ子さん、八十四歳です。見かけた人は交番へ……」

いつもなら、徘徊(はいかい)する高齢者を探す放送は聞き流していた。でも、そのときは違った。巨大地震[40]と大津波が東日本を襲ったあとで、この街からも人影が消えていた。だれもが余震を心配して出歩かず、海には近づかなかった。

テレビニュースで、北の被災地の映像がずっと流れていた。猛り狂った海が、命と暮らしをのみこんだ。おだやかな海しか知らずに育って、初めて自然が怖いと思った。

それでも海は、わたしの一番の故郷だった。

「あれっ」

と、小さくつぶやいた。

稲村ヶ崎へつづく入江の端に、小さな人影を見つけたからだ。

その人は、防波堤に腰をおろして海を見ていた。赤い服がとてもよく目立っていた。わたしは、砂が締まっている波打ちぎわを走った。風にあおられ、白い波しぶきが飛んだ。

行方不明のお年寄りだろうか。でも、間違ったらどうしよう。迷ったけれど声をかけた。

「あの、こんにちは」

荒い息づかいのわたしを見て、その人は不思議そうだった。

「お嬢さん、どなたでしたか?」

「いまの放送を聞いて、それで」

はっとした表情を浮かべた。

「わたしのことかしら……」

「たぶん」

「あら、嫌だ」

肩からたすき掛けにしたバッグの口ひもを解いて、携帯電話を取り出した。着信マークがたくさんあったが、波の音にかき消されて気づかなかった。登録番号を押して話しはじめた。

「もしもし、慶子さん。いま前浜にいるのよ。心配かけてごめんなさい。大丈夫ですって、警察へ連絡してちょうだいな」

「お母さま！　こんなときに海なんて、やめてください」

「ごめんね」

電話の音量が大きくて、声がつつ抜けに聞こえた。お嫁さんのようだった。

丁寧に頭をさげるしぐさをして電話を切った。わたしを見て、やさしい笑みを浮かべた。

「お嬢さん、お名前は？」

「ハルミです」

「小学生？」

わたしはうなずいた。

「ハルミさんって、漢字で書くのかしら」

「春の海って書きます」

「とてもすてき。わたしは、ふみ子っていうのよ」

それが、ふみ子さんと初めて交わした会話だった。銀色の髪をうしろに結って、ふわっとやわらかな顔をしていた。立ちあがると、わたしより少し身長が高かった。

わたしは十二歳で、もうすぐ中学生になるころだった。

二〇一一年三月十一日の地震の恐ろしさは、思い出すだけで鼓動が速くなる。それから学校は休みになった。入学式も始業式も延期されると、お母さんから聞いていた。

金曜日の昼すぎだった。船のように教室がゆらゆら揺れ、校舎がきしんだ。砂のなかに沈む感覚だった。いつまでも揺れがおさまらなくて、みんなで一斉に校庭へ逃げた。

ウォーンと大きなサイレンが聞こえた。

「大津波警報が発令されました」

と、告げていた。

なんだかわからずにおびえていた。お母さんの迎えで家に帰っても、目まいがつづいた。

ふみ子さんと会ったのは、その十日後だ。

「ハルミさん、地震は怖かったでしょう。大丈夫だった?」

「はい」

「わたしはね、お部屋で転んで頭を打っちゃったのよ。それで、少し呆けたのね」

そういって、笑みを浮かべた。

ふみ子さんは杖をもち、わたしと片手をつないで浜辺をゆっくり歩いた。いつもの癖で、桃色の貝殻が落ちていないかと下ばかり見ていた。

「どうかしたの？」

「わたし、桜貝を集めているんです」

「一緒に探しましょう。むかし、このあたりは赤い絨毯のようだったのよ」

いまでは貴重な貝になった。杖の先でつついて、砂に隠れていた桜貝を見つけた。

「ふみ子さん、すごい！」

「目はいいのよ。これ、あげるわね」

ふみ子さんと、海浜公園へあがる石段でさよならした。わたしの毛糸のマフラーはちょっと短いけれど、ふみ子さんに巻いてもらおうとさし出した。

「ありがとう」

といった。わたしはうすい桜貝をつぶさないよう手でそっとつつんで、家へ駆け戻った。

それからしばらくして、ようやく中学校の入学式があった。

一週間遅れで新学期がはじまって、わたしは憂うつだった。それまでなんの心配もなく守られて生きていたのが、なぜか急に壊れてしまう不安を抱えていた。

それに、入学式のできごとが重なった。

「おまえ、ハーフなの？」

初めて会う男子にいわれた。ショックだった。

わたしの肌は、ほかの同級生よりも少し白い。血管が浮いて見えるぐらいだった。小学校からの友だちは気にしないが、ほかの学区の男子には不思議なのだろうか。

新しいクラスには、心の塞いだ子が何人かいた。あの地震を経験して、自分たちの心のなかまで揺さぶられたように感じていた。担任の先生が、わたしたちにいった。

「ストレス障害かもしれませんね。恐怖のせいで、無感情になってしまう症状です。震災のニュースをなるべく見ないようにしましょう。海にも近づかないでね」

もどかしい気分になった。それでは、大切な真実まで隠されてしまう。一週間ほどで、学校に行かなくなった。家庭通信には〝しばらく休んで体調を整えて〟と書かれていた。

やはり海が見たくなった。ふみ子さんなら、黙ってわかってくれる気がする。

ふみ子さんは、いつものあの場所にいた。

よく晴れた午後で、透明な青い波が押しては引き、細かな石英をきらきら輝かせていた。稲村ヶ崎の崖に曲がって生えた一本松を、ふみ子さんはぼんやり見ていた。

わたしは、思いきり手をふった。

「あら、ハルミさん。元気だった？　これ、ありがとう」

そういって、バッグから取り出したマフラーを手渡された。

「ふみ子さんは？　頭は大丈夫ですか」

「えっ？」

「地震のときにぶつけたでしょ」

ふみ子さんは噴き出した。

「頭のけがのほうね。わたし、もの忘れがひどくなるものだから」

わたしたちは防波堤に座って、並んで海をながめた。ふみ子さんの足もとには、黄色い毛の柴犬が丸く伏せっていた。

「わんちゃん、飼っているの？」

「ジロっていうのよ」

「なんで？」

ふっふと笑っている。

「いつもね、ジロリとわたしの顔を見るから」

「へぇ」

ジロ！と呼びかけてみたら、斜めからじろっとにらまれた。息子のお嫁さんから、

「犬と一緒なら、迷子にならないでしょう」

といわれて、連れているという。

「ふみ子さん、なにを見ていたの？」

「むかしからある松の木よ。ああして岩に根をおろしてがんばっているの。台風のときでも」

「ずいぶん、曲がってますね」

その松は、幹が海へせり出して伸び、枝は逆に陸地へ向かってなびいている。

「磯馴松（そなれまつ）っていうの。海風に耐えて斜めになっても生きている。まっすぐ立っていたら、倒れ

ちゃうのよ」

わたしの顔をふと見て、ふみ子さんが聞いた。

「中学校はまだはじまらないの？」

もじもじした。

「わたし、不登校になりました」

「そうなの」

ふみ子さんは黙っている。

「ハーフって、いわれたから」

わたしの小さな肩をやさしく抱いた。言葉があふれた。

「変なのかな。お母さんのおばあちゃんが、外国の人なんだって」

「どこのお国から？」

「リトアニアよ」

曾祖母はむかし、リトアニアという小さな国から日本へ渡った。世界で大きな戦争がはじまったころ、ひどい差別を受けて家族みんなで逃げたという。

「そうだったの」

「鎌倉でバレエを教えていたんだって」

「あこがれるわ」

ふみ子さんが、若々しく輝いて見えた。

「ハルミさん。世の中は、すべて違う人でできている。個性って、すばらしいのよ」

「そうなんですか。ふみ子さんの学校にも、違う子っていたの？」

少し考えてからいった。

「わたしたちは、とっても狭い殻に閉じこめられた。みんなが同じでなければ、生きていられない時代だったのよ」

その言葉の意味が、わたしにはまだわかっていなかった。

天気のよい日に由比ヶ浜へ行けば、たいていジロを連れた姿を見つけた。

あるとき、わたしの悩みを聞いてもらった。

「ふみ子さんには、怖いものはないですか？」

「どうしたの。なにかあった？」

ふみ子さんは、わたしを心配する顔になった。

北の原子力発電所では、大きな爆発が起きていた。その原発からは離れていても、海はひとつづきだった。心配性のお母さんからは、

「あまり海ばかり行かないでね」

と、いわれていた。水道からも放射性物質がいくらか検出され、家にはミネラルウォーターのボトルがたくさん積まれた。サーファーは、すっかり姿を消した。サーフィンやＳＵＰ（サップ）ができない海を見るのは、初めてだった。

「ふみ子さん、放射能を知っている？」

「ええ」

ふみ子さんの表情が、暗く陰った。

「わたし、ずっと不安なの。お母さんは、すぐに忘れるっていうんだけれど」

「そうね。わたしも子どものとき、そんな気持ちになったわ」

「地震とか津波ですか？」

「違うの。戦争よ」

「えっ？」

「ハルミさんよりも少しお姉さんだったころ、とっても怖い目にあった」

「どんなふうに？」

「すべてが変わって見えたわ。なにもかも」

戦争は知らないけれど、ひとりじゃないと思えた。胸のつかえが取れる気がした。

「ふみ子さん、鎌倉にはずっと住んでいるの？」

「遠い島からきたのよ」

「どこですか？」

「ここより、もっと海が青いところ」

ふみ子さんは、長崎県の五島の生まれだった。製薬会社に勤める人と結婚して、四十数年前に大船(おおふな)の工場へ転勤になってこの街へ越した。

「その島に、家族はいるの？」

「妹がひとりいたけれど。アメリカ人と結婚して、向こうで永眠したのよ」

そういって、東の遥か沖を指さした。五年前には夫を亡くし、いまは長男一家と暮らしていた。夫婦でよく散歩した由比ヶ浜にくるのは、思い出を忘れないためだった。

わたしは、四月の下旬になっても学校に通えなかった。

いつものように浜へ行くと、ふみ子さんのそばに男の人がいて、なにか話しかけている。紺色の制服を着た若いおまわりさんだった。ジロが吠えかかっていた。

雲が低く垂れこめ、海が荒れている。わたしは国道から浜へ駆けおりた。

「ふみ子さん！ どうしたの？」

ふみ子さんの顔から、いつものおだやかな笑みが消えている。しゃべろうとしても、言葉が出ない。おびえた目をして、懸命に唇を動かそうとしてもがいていた。

若いおまわりさんが、わたしに聞いた。

「きみは、この人の知りあいかい？」

「はい」

「よかった。このおばあちゃん、自分の家がわからないんだよ。家族と連絡が取れるかな？」

わたしはすぐに、

「ふみ子さん、借りるわね」

といって、バッグから携帯電話を取り出した。自宅の登録番号を押すと留守電になった。

「由比ヶ浜にいます。迎えにきてください」

と、メッセージを残した。おまわりさんから念を押された。

「じゃあ、一緒にいてあげてね」

ふたりきりになって、わたしは黙ってジロの頭をなでていた。ふみ子さんの顔にようやく赤みが戻り、ハンカチで口もとの唾液をふいている。海霧が消えるように言葉が戻った。

寂しそうに話した。

「わたしはね、少しずつ記憶を失う病気なの」

「えっ」

「最後は、自分がわからなくなるそうよ」

ふっくらしたほおに涙が伝っている。

「わたしのことも？」

「ええ、いつかは」

「………」

わたしはうつむいた。

「そうなる前に、あなたに大切な話をするわね」

オレンジ色の軽自動車が国道の脇にとまって、慶子さんが駆けてきた。ふみ子さんは手を引かれ、ジロが首をうなだれてついていった。

わたしはうろたえた。記憶が消える病気なんて知らなかった。大船の病院で治療を受けていて、薬がうまく効いているときには言葉もしっかりしていた。

それから、ふみ子さんは、十代に体験したできごとを少しずつ語ってくれた。

「わたしの父は、島の校長先生だった。厳しくてね。長女だったから、模範にならないといけなかったのよ。ハルミさん、お勉強は好き?」

「嫌いじゃない」

「あなたと同じ十二歳のときに、長崎の女学校に入学した。小学校の先生になりなさいっていわれて、島を離れたわ」

「ひとりで?」

「そうよ、寄宿舎に入ったの。初めは寂しかったけれど、お友だちができた。さち子さんという名前で、さっちゃんって呼んでいた。ふたりでがんばって先生になろうって」

「仲良しなんですね」

「ええ。わたしたちにも、明るい未来があったのよ」

ふみ子さんの声が、いつもより弾んだ。

その時代の女学校は五学年あって、十七歳まで学んでいた。寄宿舎では、家から通えない生徒が共同生活をしていた。その裏山の神社が、仲の良いふたりの遊び場だった。

急に、難しい言葉を口にした。

「思慮を正確にし、感情を純潔にせん!」

「なに、それ?」

ふみ子さんは真剣だった。

「誓いの言葉よ。朝礼のときに、みんなで声をあわせて唱えたの。よく考え、つつしみ深く生活しましょうってことよ」

「そうなんだ」

「行儀作法にうるさくて、わたしたちなんていつも寮母さんに叱られていたわ。さっちゃんと一緒に裏山へ逃げて、海をながめてぼんやりしていた」

「ふみ子さんも叱られたの？」

「わたしにも、あなたぐらいのときがあったの」

トンビが頭の上を旋回して、ふたりの顔を黒い影が横切った。ジロが低い声でうなった。

ふみ子さんは、ジロの頭をなでながら話した。

「でも。わたしたちが勉強できたのは二年生までだった。アメリカと戦争がはじまったのよ」

「えっ、アメリカですか？」

「大人たちのはじめた戦争が、子どもにも押しつけられた」

「怖かった？」

「それはもう。アメリカの飛行機が夜中に爆弾を落として、長崎の空がまっ赤だった」

「学校は？」

「ウォーンってサイレンが響いて、寄宿舎のみんなで裏山に逃げたわ。防空頭巾をかぶって隠れていたのよ」

「大丈夫だった？」

「飛行機が山の上で爆弾を捨てるの。大きな音と煙があがって、死んでしまうと思った」

おだやかなふみ子さんが、そんな経験をしたなんて信じられなかった。平和に生まれ育ったわたしの両親はもちろん、祖父母でさえ知らない時代だった。

あの大地震のあとで節電がはじまっていた。街灯もネオンも消え、深夜放送も中止された。鎌倉でも、一日に二度、数時間は停電した。ろうそくを灯して勉強していた。

ふみ子さんは、なんでもないようにいった。

「むかしも、電灯を消さないといけなかったの。爆弾の目印にされないようにね」

うちのお母さんは、ガソリンスタンドに何時間も並んで給油して、ミネラルウォーターを探しにスーパーを何軒もまわって、

「まるで戦争よ」

と、こぼしていた。でも、ふみ子さんのいう戦争とは違うようだ。

お父さんは、被災地のボランティアに会社から派遣された。週末二日間の支援活動から帰ると、すっかりやつれていた。わたしは心配になって聞いた。

「大変だった?」

「そうだね」

と、ひとこといったきりだった。

少し落ち着いてから教えてくれた。お父さんは、爆発した原子力発電所の近くから避難している人のために、毛布や薬を配り、食事を作っていた。

「子どもたちが津波で行方不明になっているんだよ。ランドセルや写真、おもちゃが集められていてね。家族のもとへ帰るのを待っているんだ」

「かわいそう」

「ああ。子どもを探したくても、海岸は立ち入り禁止で近づけない」

お母さんが、濡れたほおをエプロンでぬぐった。

「お父さん、もしわたしが津波に流されたらどうする？」

「命がけで探すさ。あたりまえだろ」

「放射能から逃げなさいって命令されたら？」

「必ず、おまえたちを守るよ」

お父さんは困った顔をしていた。

五月になると、もう夏の気配が感じられた。南風が吹いて潮が漂っている。波間に浮かぶサーファーの黒いシルエットが、ぽつりぽつりと海に戻っていた。

暖かい陽射しを浴びながら、ふみ子さんが十七歳のときの話をしてくれた。

そのころ、高学年の生徒は戦争に動員されて、大きな縫製工場で働かされていた。

「勉強はどうしたの？」

「もう、勉強どころじゃないの。兵隊さんが戦っているのに、本を読むなんてできなかった」

「そうなんだ」

「女子挺身隊(ていしん)といってね、兵隊さんの軍服を縫っていた。もう、必死に働いたわよ」

「応援してたの」

「勝つためよ。やらなきゃいけなかった」

「お友だちも？」

「さっちゃんも一緒よ」

「みんな偉かったんだね」

ふみ子さんは少しとまどう表情になった。そして、大切な思い出を語りはじめた。

「わたしたち、一番の宝ものを交換していたの」

「ほんとに仲よし」

「わたしは、さっちゃんにオルゴールを預けた。小さなねじをまわすと『エリーゼのために』が鳴るの。さっちゃんが好きだったから」

「さち子さんはなにを？」

「きれいな真珠の粒よ。『ふみちゃんの御守に』って。生きようねって、励ましあった」

その工場は、長崎市のまんなかの浦上にあった。紺色の木綿のもんぺ姿の女学生たちが、毎朝、市電に乗って勤労奉仕に通っていた。

一九四五年、八月九日午前十一時二分——

朝から入道雲のわきあがる、蒸し暑い日だった。仕事をはじめて間もなく、空襲警報が鳴り響いた。工場の主任さんの号令で女学生は作業をやめ、工場の外にある防空壕へ駆け出した。コンクリートのシェルターに入れば大丈夫と思っていた。

　防空壕には百人ほど避難していた。毎日同じ時刻にアメリカの飛行機が現れるから、まるで時報のようだとささやきあった。すぐに警報は解除され、ほっとした。さち子さんが先頭に立って、急いで工場へ駆け戻ろうとしていた。

「ふみちゃん、早くしないと叱られてしまうわよ」

「うん。先に行っててちょうだい」

　雲の切れ間から落下傘が光って落ちるのが見えた。金比羅(こんぴら)山から、高射砲をバリバリ連射する音が聞こえた。ふみ子さんは怖くなって、あわてて防空壕へ引き返した。

　そのときだ。火球が宙に浮かび、あたりがまっ白になった。先を走っていたさち子さんのうしろ姿が、蒸発したように見えない。火焔(かえん)の竜巻がうねり、がれきが空からふった。

「わたしの服が燃えて、ポケットから宝物をあわてて取り出したの」

「どうしたの？」

「それを口に入れたわ」

「まさか」

「燃えないと思ったの。のみこまないように、しっかり口を閉じていた」

　ずいぶん時間がたってから助け出され、病院へ運ばれた。

「お医者さまが『口を開けてください！』っていったの。わたしがずっと歯を食いしばっていたから」

　わたしは、ふみ子さんの話に聞き入った。

「銀の匙(さじ)で口のなかを調べられた。そしたらね、みんな大きな声で笑うのよ」

「なんで?」

「だって、真珠があったから」

その病院の人たちには、

「新型爆弾［41］にやられて、初めて笑ったかもしれないな」

と、いわれたそうだ。

「恥ずかしかった。看護婦さんが『真珠貝みたいね』ってからかうんだもの。わたしは、さっちゃんの宝物を守るのに懸命だっただけよ」

「ふみ子さん、大丈夫だったの?」

「ひどかったわよ。金属がささって動けなかった。いまも、ほら」

といって、ズボンのすそをもちあげて痛ましい古傷を見せた。

「ひどい……」

「たいした治療もできなかったの。薬も包帯もなにもかも足りなかった」

それから戦争が終わって、アメリカ軍が長崎に進駐した。その軍隊と一緒に、医療班が病院を訪れて被爆した患者の状態を調べはじめた。

「爆弾を落としてから、助けに?」

「そうかしら。でも、薬もたくさんあった。すてきなお医者さまがいて、どきどきしたわよ。あの爆弾を落とした国の人なんだろうかって、不思議だった」

「さち子さんは？」

ふみ子さんがうつむいた。

「同じ病院に運ばれたんだけれど、わたしよりも熱線やけどがひどかった。お下げ髪が抜けてしまって、赤黒く焼けただれて……」

白いハンカチをとり出して、目頭をきつく押さえた。

「それでも、三カ月たってようやく少し話せるようになった」

ベッドからは起きられず、体を包帯で巻かれていた。枕もとのふみ子さんに気づいて、精一杯の笑顔を作ってくれた。

「ふみちゃん、ごめんんね。あのオルゴール、なくしちゃったの」

ぽろぽろ涙をこぼして泣き出した。さち子さんは、小さなオルゴールを袋にしまっていつももっていた。手のひらに載せたオルゴールを小さく鳴らして聞いていた。

ふみ子さんは、さち子さんの耳もとに語りかけた。

「さっちゃん、死んじゃ嫌よ。先生になろうね」

十日ほどして、さち子さんが亡くなったと聞かされた。

「わたし、病院の安置所でお別れしたの」

あんまり悲しくて涙も出なかった。あの真珠を棺に入れてあげようと思った。でも、一番大切な記憶を守ってほしいといわれたようで、手のひらに握りしめた。

わたしは、確かめずにいられなかった。

「戦争って、どんなもの？」

「なにもかも悲しかった。大人たちも、世の中のすべてが」

「………」

「もう二度と繰り返してほしくない」

「わたし、ちゃんと覚えておく」

思わず言葉がこぼれた。長崎の原子爆弾で七万三千八百八十四人が亡くなった。ふみ子さんの女学校では、百五十人の生徒と、三人の先生が命を落とした。

海に夏のにぎわいが戻るころになると、ふみ子さんは、稲村ヶ崎の松の木を見てぼんやりしがちだった。記憶をたどっても、とぎれとぎれにしか思い出せなかった。

ひとりごとのように話した。

「もう一度だけ、女学校の裏山の神社へ行ったの。そしたら、松の木が曲がって倒れそうになっていた。でも、しっかり根を張っていたわ」

それが、ふみ子さんから話を聞けた最後の日だった。

わたしは、集めていた桜貝を入れたガラス瓶をトートバッグから取り出した。

「ふみ子さん、わたしの桜貝をあげる」

「まあ、大切なものを」

「わたし、ふみ子さんの話を忘れないよ」

ふみ子さんはうれしそうだった。ガラス瓶を両手で青空にかざし、光に透ける桜貝にうっとり見入っている。瓶を手もとに置いて、胸もとのペンダントをそっとはずした。

「これを、あなたに」

ひと粒の小さな真珠が銀の爪でとめてある。わたしは驚いた。

「大切なものでしょう？」

「そうよ、さっちゃんの真珠なの。桜貝と交換ね。あなたが記憶してくださいね」

ためらうわたしの手のなかに、ふみ子さんは真珠をしっかり握らせた。

しばらくして、海辺からふみ子さんの姿が消えた。もしかしたら、ふみ子さんがいるのではないかと思って浜へ通った。でも六年たっても、ふみ子さんは現れない。

わたしは学校へ戻って、この春には高校を卒業する。ふみ子さんや、さち子さんたち女学生にかなえられなかった未来を、生きようとしている。だれに教わらなくても、自分から学びはじめている。過去のさまざまな〝記憶〟のことを。

ふみ子さんがいっていた。

「ハルミさん。波の道って知ってるかしら？」

「波の道ですか？」

「そう。わたしね、明るい月夜にこっそり家を出るの。海の上に、月の光の筋が見えるときがあってね。あの道を歩けば、さっちゃんに会える気がする」

いま、わたしの目の前の海に、光の道が描かれている。その遙か沖には彩雲が見える。水色がしだいに緑に混ざって、黄色に溶け、茜に染まった。そっと身につけている真珠が、その七色の光を鮮やかに映していた。
わたしを自由にするもの、それは大切な記憶を受けついでゆく勇気なのだ。

漆黒のピラミッド

二〇二二年十月の物語

ノルウェー領のスバールバル群島は、北緯八十度の北極圏にある。

太陽が沈まない白夜が終わって、昼と夜がわかれる短い期間もすぎようとしていた。日中の気温が氷点下のままになれば、いよいよ極夜の季節を迎える。

夏の白夜が四カ月つづき、これから翌年二月までの冬は、太陽がまったく昇らない。漆黒の闇が深まるにつれて、天から緑のオーロラのカーテンもおりてくる。

この美しい群島のうち、もっとも大きなスピッツベルゲン島でさえ、長く定住する人はめったにいない。けれど、わたしにとっては、ここが生まれ育った故郷だった。

光が消える直前の薄明（トワイライト）がはじまると、この島のロングイヤービエンの町では人の気配もうすくなる。昼の十二時をすぎても、淡い青や黄に塗られた北欧風の家並みに明かりが灯っている。チャイムが鳴るまで客に気づかなかった。

「やあ、ルチア！」

友人のユーリイの声が、インターホンから聞こえた。

わたしの家は大通りに面している。白く凍った道路に、ボルボの電気自動車がとまっているのが窓ごしに見えた。白いボディーの側面に、ノルウェーのＮＧＯのロゴが描かれている。

わたしがドアを開けると、ユーリイは車に駆け戻って花束を抱えて現れた。

「すてきね。もしかして、ナージャに？」

「そう。誕生日おめでとう」

といって、急いで家のなかへ入った。

外はマイナス十五度だ。ぐずぐずしていると、薔薇の花びらが凍りついて散ってしまう。

ユーリイは、わたしが働く〝世界種子銀行〟に立ちより、スタッフから、

「ルチア・コザチェンコ博士は、しばらく在宅勤務をしています」

と知らされていた。

ナージャは、わたしのひとり娘だ。十歳の誕生日を迎える。

「うわあ、すてき。ユーラ、ありがとう」

奥の部屋にいたナージャが、飛びあがって喜んだ。金色の髪を三つ編みにして、タンポポの造花で作った輪を頭に載せている。ユーリイは、プリンセスにうやうやしくひざまずいて花束を渡した。太陽のない暮らしを、花が明るくしてくれる。

「ところで、家での勤務になってもう長いの?」

ユーリイが不織布のマスクをはずしながら、ロシア語で聞いた。

「そうね、パンデミック[42]がひどくなってからよ。この島でも急に感染者が増えたから」

わたしは苦笑いした。去年の三月、知事が島のロックダウンを命じていた。

「マスクをしないだけで罰金か懲役刑だもの。ただでさえ凍えた土地なのに、暮らしまで冷えこむとは。仕事があるだけましだね」

北極圏の群島すら、全世界に広まった新型コロナウイルスと無縁ではいられなかった。人口わずか千数百人のこの町で、三百人が感染した。人間よりホッキョクグマのほうが多い島なのだが、外出するときもマスクの着用が義務づけられた。

数年前にこの島に移ったユーリイは、ノルウェー語がほとんど話せない。ウクライナから渡った炭鉱労働者の家庭に育ったわたしが、こうしてロシア語を巧みに使えるのは、スバールバル群島の長い歴史にまつわる事情があるからだ。

子どものころ住んだところは、ここから五十キロほど北に離れたピラミデンというソビエト連邦の炭鉱村だった。ノルウェーの領内に、社会主義が存在した不思議な時代である。そのわけは、第一次世界大戦を終わらせたパリ講和会議までさかのぼる。

この群島がどこの国のものなのか、かつてのロシア帝国と、イギリス、アメリカ、ノルウェーなどがずっと争っていた。悲惨な世界戦争を経験してようやく、ここをノルウェーの領土とするかわりに、どの国でも平等に平和な活動ができると決めた[43]。

それからおよそ百年の間、ナチスがノルウェーを侵略した時期をのぞいて、島を非武装にする約束が守られ、入国審査もビザもいらない自由が保証された。

ユーリイが厚手のセーターを脱ぎ、ラフなシャツ姿でソファに座った。外は氷室でも、家のなかはスチーム暖房がめぐらされ暑いほどだ。わたしには、気がかりがあった。

「ねえユーラ、戦争のせいでウクライナの難民が避難しているそうだけど?」

「そうなんだ。最近では、徴兵を逃れる若いロシア人も増えている」

わたしたちは、同じ重い苦しみを味わっている。まるで、氷河を浮かべる暗い深海の底へ向かって、鉛の重石を抱えて沈んでゆくような心地だった。

「世界はどうなるのかしら……」

「核戦争がはじまれば、この島にもっと多くの人が逃れるだろう」

あれは、今年の二月二十四日の明け方だった。極夜の冬がようやく終わって、うっすらと太陽の片鱗が姿を見せたころ。ユーリイが、深刻な声で電話をよこした。

「どうしたの？」

とわたしが聞くと、震える声でいった。

「プーチンがウクライナを攻撃[44]した」

わたしは、スマートフォンを落として口をおおった。言葉を失っていた。

「ハロー、聞こえている？」

「ええ。大丈夫よ」

電話をひろって耳にあてた。

「衛星テレビが中継している。キーウがミサイルで破壊されているんだ。すまない……」

「なんてことを。でも、ユーラがあやまらなくてもいい」

「………」

「あなただって、プーチンに追われたんだから。違う？」

「でも、ぼくはロシア人だよ。そして、きみはウクライナ人だ」

それから、ユーリイは堰(せき)を切ったようにしゃべりつづけた。

「ソビエトが崩壊して、あんな時代はもう二度とないと思っていた。自由をぞんぶんに楽しんでいた。けれど、あの男が現れてなにもかも変わった。ぼくらロシア人は、馬鹿だよ。いつかきた道へ、また逆戻りしはじめたんだから」

「その道って、ソビエトとナチスが一緒になってウクライナを戦場にしたとき？　それとも、ニコライ一世のクリミア戦争のころまで戻るのかしら？」

「きみのいうとおりだ。歴史は繰り返すのさ。独ソ戦や、クリミア戦争と同じで、これで新しい世界大戦になるかもしれない。ロシアの終わりのはじまりだ」

電話の向こうのユーリイが沈黙した。泣いているのだろうと思った。

「ロシアだけじゃないわ。ウクライナにも、世界にとっても大きな敗北よ」

あれから、はや八カ月がたとうとしていた。ウクライナ戦争はつづいている。

ユーリイは、ソ連が崩壊したころ、サンクトペテルブルクの大学を卒業してジャズバーで働いていた。そのとき知りあったバレリーナのベラと結婚し、子どもがふたりいる。大学時代の人脈でエネルギー企業に就職したものの、数年で解雇された。

そのころ、チェチェン戦争をはじめた政府を批判し、徴兵逃れや傷病兵を世話する団体で活動したためだ。プーチンが八年前にウクライナからクリミア半島を奪うと、それに反対する団体を〝外国のスパイ〟と決めつけ監視するようになっていた。

身の危険を察知したユーリイは、妻の母国リトアニアに逃れた。いまは、国際条約で守られるこの島へ単身で渡り、ロシアからの政治亡命者をかくまっている。

わたしは、子ども部屋にナージャを戻らせた。深刻な話を聞かせたくはなかった。

「ねえユーラ。最近、リューバの消息を聞いている？」

「いいや。バレンツブルクで観光ツアーのオフィスを開いたそうだけど。ロックダウンでどうしているのか、さっぱり音沙汰がないな。そのうち電話してみるよ」

ユーリイは首をかしげていった。

わたしとリューバは、ピラミデンで育った幼なじみである。バレンツブルクもピラミデンと同じソ連の村だった。リューバは三年前、家族とともにモスクワから戻っていた。

リューバから連絡があったのは、それから間もなくだ。ウクライナでの戦争など気にもかけないといったふうで、

「ひさしぶりに会いたいのだけれど、時間はあるかしら？」

と、短いメールが届いた。

わたしは、リューバと同じロシア人のユーリイを誘って、三人で会うことにした。

町に一軒しかないスーパーマーケットの片隅のカフェで落ちあった。菓子売場から好きなケーキを選んで、コーヒーを自分で入れてから、小さな丸テーブルを囲んだ。みんなぶ厚いダウンコートを着ているから、窮屈そうなひと塊になっている。

リューバは年齢を重ね、すっかり貫禄を増した。

「ルチア、元気だった？」

「あなたこそ、バレンツブルクへ引っ越したんだって？」

「そうなのよ。ツアー会社をはじめたんだけど、時期がよくなかったわ」

「ピラミデンには、もうだれもいないのよね？」

「ええ。あなた、学校を卒業してから戻っていないの？」

「一度も」

「なぜ？　一緒に行きましょうよ。校舎もプールだってそのままあるわ」

その話題に、ユーリイが興味をもったようだ。

「きみの観光ツアーっていうのは、いったいなにを見せものにするつもりだ？」

リューバは、自信ありげにいった。

「ソビエト時代よ」

「えっ？　まさか、捨てられた遺物を？」

「立派な観光資源になるわ。ロシアじゃ、あの時代への郷愁がはやりなの」

ユーリイは、あきれている。

「リューバ。きみはソビエトを知らないだろ。ゴルバチョフが失脚したときに、いったい何歳だった？　ぼくらは、あの尊大なレーニン像を引き倒してせいせいしたんだ」

「あら。あっちの村へ行けば、まだレーニン像が健在よ」

なんてことだといいたげに、ユーリイが両手を広げるジェスチャーをした。

ソ連の炭鉱公社が経営するピラミデンで、わたしたちも社会主義教育を受けていた。そのあと、わたしはトロムソの高校へ進み、リューバはロシアへ帰った。けれど、ソ連からロシアに変わっても、その村だけは極北の寒気のなかで凍結保存されたままだった。

「全体主義の時代を美化してどうする？　そんなだから、プーチンのようなモンスターが支持されるんだよ」

「これは、ビジネスなの。政治じゃないわ。あなたみたいな西側かぶれが、わたしたちのビジネスのじゃまをしているのよ」

「それ、どういう意味だよ」

「パンデミックで観光客が減ったのはしかたないとして、戦争と関係ない国までロシアを制裁しているじゃないの。おかげで国際便は飛ばないし、さんざんよ」

わたしは、がまんならなかった。

「ふたりとも、やめなさいよ」

リューバはユーリイより十歳は若い。まるで老人をあわれむ表情を浮かべている。あきらめたように首をふり、わたしのほうへ向き直った。

「ルチアなら、ビジネスをわかってくれるわね?」

「どうかしら」

なかば強引にリューバがわたしの休日を聞き出し、里帰りの小旅行を決めていた。完全な極夜になると景色が見えないからと、つぎの週末に再会することになった。

バレンツブルクとピラミデンへは道路がなく、スノーモービルかヘリコプターを使うほかない。飛行機は、首都オスロと、スカンジナビア半島の北のトロムソを結ぶ路線だけだ。わたしは、ノルウェー国営アビノール社のチャーターヘリを予約した。

スバールバル空港の格納庫から姿を見せた機体は、ベトナム戦争から使われる軍用のベル社製だった。わたしは、空港ビルの施設でライフル銃を一丁レンタルした。町から外へ出るときは、ホッキョクグマに襲われないよう銃の携行が義務だった。

ほかに数人の客と一緒に殺風景な機内に乗りこみ、耳をおおうヘッドセットをつけると、回転翼のごう音をまき散らして浮きあがった。数百メートル上空では、空がまだ明るかった。バレンツブルクは西へ五十キロ、ヘリならひとっ飛びである。

やがて、フィヨルドと呼ばれる氷河に削られた入江ぞいに、人の暮らしの形跡が見えた。街灯がぽつぽつ瞬き、建物の煙突から白い蒸気が立ち昇っている。村はずれに着陸したヘリは、わたしたち乗客をおろすとすぐに引き返した。

駐機場では、リューバとその夫が出迎えていた。そばにとめられたシボレーの四輪駆動車の助手席から、小さな男の子の顔がのぞいている。

「ようこそ、バレンツブルクへ」

と夫がいって、おたがいにグータッチした。リューバが、わたしを家族に紹介した。

「幼なじみのルチアよ」

リューバの夫もロシア人で、観光客を運ぶドライバーをしている。車のなかにいる息子を手招きした。わたしはうれしくなった。ちょうど、ナージャと同年配に見えたからだ。

「坊やのお名前は？」

「ミールです」

と、利発そうな声でいった。

わたしは冷たい空気を深呼吸して、あたりをぐるっと見渡した。礫岩（れきがん）が堆積して草木も生えない山並の下に、味気ない灰色の村があった。もう三十年も前に消えたはずのソ連時代の匂いが、確かにそこに感じられた。

炭鉱の村として栄えたバレンツブルクには、かつては数千人が暮らしていた。多くは、ウクライナとロシアからの労働者だった。いまもロシアの鉱山会社が村を管理し、四百人ほどが残って細々と石炭を採掘している。いまだに租界のままなのだ。

リューバがわたしに聞いた。

「どう、懐かしい雰囲気でしょ？」

「複雑な気分よ」

「まあいいわ。このあとピラミデンへ行ったら、懐かしさで泣くから」

わたしたちは車に乗って、さっそくリューバの家へ向かった。ソ連の炭鉱住宅だったアパートをリフォームし、自分のツアー会社のオフィスを兼ねた自宅にしていた。護身用のライフル銃は、リューバの夫に預かってもらった。

「どうぞ、入って」

「まあ、すてきなお宅ね！」

ぶ厚いドアを開けると、建物の外観から想像できないほど小ぎれいな空間だった。二重にはめられたガラス窓の外では、青白い光に照らされた海が波だっている。奥のキッチンにはよい香りが漂って、幸せな生活がうかがい知れた。

「ここでの苦労も多いけれど、税金はほとんどないし、国からお金も支給されるの。物価も安いわよ。モスクワの異常なインフレにくらべれば、まるで天国よ」

「国っていうのは、ロシアね？」

「あたりまえじゃない。この北極圏に影響力をうんと拡大するの」

「ソビエトのころも、そうだったわ」

実際に、ソ連時代と同じで、村はロシアの国策に支えられている。食糧から日用品のすべてが本国から船で運ばれるし、通貨もルーブルを使う。ところが、ウクライナへ軍事侵攻してから、海上封鎖されて小麦が不足し、ノルウェーの援助も受けていた。

息子のミールが得意そうに、熱々のピロークを大皿に載せている。リューバの夫は、ボルシチのスープを入れるカップをテーブルに並べている。

「えらいわね。ミールは、いくつになるの？」

「十二歳よ。この村の学校に通わせているんだけど、将来が気がかりなの」

「大丈夫。ロシアでも、望むならノルウェーも選べるじゃない」

「あと四年後に、ロシアはどうなっているかしら」

やはりリューバも、ウクライナでの戦争の結末を心配している。もちろん、ウクライナではなく、ロシアの未来である。もし、それがあるとすればだが……。

「ミール、ありがとう。とってもおいしそうね」

まだ午前十時だけれど、お腹がすいた。ピロークは、鳥肉とキノコを詰めてパイ生地でつつんで焼くウクライナとロシアの伝統料理だ。湯気の立つパイを小皿に取りわけ、少量のペルツォフカのグラスで乾杯した。唐辛子入りの酒で体の芯まで温まった。

「ねえ、ボルシチも食べてみて」

と、リューバがわたしをせかした。子どものころと同じ、人なつこい笑顔を浮かべて。わたしは赤い液体をスプーンですくって、ゆっくりと味わった。

「これって、ウクライナ風じゃないの！」

「やっぱり、わかったの？」

「あたりまえよ。わたしのお母さんの味よ」

目頭が熱くなった。リューバは、遠くを見る表情を浮かべている。

「覚えている？　あなたの家で、ウクライナ料理を習ったのよ。それを思い出したの」

「じゃ、脂身のサーロと一緒に牛肉を炒めたわね？　それで、すぐ気づいたんだわ」

「喜んでもらえて、よかった」

少しだけ涙顔になったリューバが、目もとをハンカチでぬぐっている。ウクライナとロシアのどちらからも愛される料理を囲んで、わたしたちはすっかり打ち解けていた。

リューバが、わたしに聞いた。

「ルチア。あなた、どんな仕事をしているの？　ちゃんと聞いていなかったから」

「植物の分類よ」

リューバは不思議そうな顔をした。ミールは、好奇心でいっぱいになっている。

「えっ？　この島の草花は、夏のひと月も咲いていないじゃない」

「だからよ。わたしが植物に興味をもったのは、この島に少ないから。いまの仕事は、世界中から送られる種を調べて、永久凍土のなかに保管するのよ」

それは、スバールバル世界種子貯蔵庫[45]といい、種子銀行とも称される。地球の気候変動や核戦争によって生態系が壊される時代に備え、ロングイヤービエンに建設された。ノルウェーでは、ノアの箱舟になぞらえ〝種子の箱舟〟と呼んでいる。

ミールの目が点になっている。早口で質問した。

「あのね、それってアフリカとかアマゾンからも？」

「そう。インドも、オーストラリアも、日本からだって届くわよ」

「スーペル（すごい）」

と、ミールが大きな声をあげた。リューバと夫は感心している。

だが、わたしはもの思いにとらわれた。

「ウクライナのもあるわ。もしウクライナの麦畑が核兵器で汚染されても、変異しない種子をここから送って再生させる。悲しくて、つらい仕事だけれど」

わたしたちは、重苦しく沈黙した。やがて、リューバがぽつんといった。

「終末の日に備えて？」

「そうは思っていない。この島で、希望の種を大切に守っているの」

リューバの深いため息が聞こえた。

「あなたは未来のために働いて、わたしは過去をビジネスにしている」

「自分を否定しないで。過去に学ばなければ、未来はないから」

「慰めてくれるのね」

ミールは親たちの会話に耳を傾けている。

わたしはリューバにいった。

「ねえ、いつかミールをロングイヤービエンへ連れておいでよ。ナージャに会わせたいの。きっと、仲のよい友だちになるわ。ここでは寂しいでしょう」

早めの昼食を終えると、わたしたちはヘリの駐機場へ急いだ。ここからさらに百キロ離れたピラミデンへ向かうのだ。ソ連製のＭＩ（ミル）８が、翼をゆっくり回しながら待っていた。リューバのツアー会社と契約する遊覧ヘリだ。

わたしだけのために、リューバが手配していた。ロングイヤービエンからのノルウェー国営航空は、廃村のピラミデンまで飛んでいない。寡黙なリューバの夫が、

「おれも一緒に行こうか？」

と、ぼそっといった。かなり暗くなって、ホッキョクグマに襲われないか心配している。

「大丈夫よ。ルチア、あなたは銃を扱えるでしょう？」

「ええ。ノルウェーの兵役でひととおり習ったわ」

「わたしはだめよ。ロシアでは、女性の徴兵はないから」

わたしの国籍はウクライナでも、ノルウェーの市民権をもっている。徴兵年齢になったとき

に自ら志願して銃の訓練を受けていた。リューバの夫とミールに見送られながら、鮮やかな青色のヘリが大きな機体を揺らして離陸した。

フィヨルド地形の入江は、ちょっとした海峡ほどの幅がある。両岸は数百メートルも切り立った岩壁で、大半が氷におおわれている。ところどころ断崖の切れ目から、氷河が海へせり出している。ヘリは、そのフィヨルドの底を飛んだ。

わたしは、ヘッドセットのマイクを使ってリューバに話しかけた。

「海がまっ暗で見えないわ。氷山にぶつからないかしら？」

いままでは、ソ連製のヘリに乗る機会はめったにない。心細くなった。

「パイロットはベテランよ。ちょっと、こっちを見て」

リューバは、操縦席の足もとのガラス窓を指さしている。そこから、パイロットが下界を目視できる。コックピットとの仕切はなく、操縦席のうしろに立つと百八十度のパノラマが見渡せる。薄明も届かない闇に、青白く発光する氷が浮いていた。

「たぶん、奈落ってこんな景色なんだろうか」

思わず、わたしはつぶやいた。

小一時間ほどだったが、ずいぶん長い飛行に感じられた。やがて目の前に、鋭い三角形に切り立つ漆黒の山が現れた。わたしたちが生まれ育った村、ピラミデンである。

「さあ、着陸するわよ」

リューバは、興奮をおさえられない。一九九八年に炭鉱が閉鎖され、それからずっと捨てられた村だった。まっ黒に錆びたクレーンが置き去りになった港の一角へ、ヘリはゆっくりと降下してゆく。まるでタイムマシンで時空を移動しているように思える。

わたしは、二十六年ぶりで古里の凍土に立った。ここは、食物も育たない土地に人工的に造られた宇宙ステーションのような場所だった。

「なにもかも、変わっていないわ」

海の結氷がはじまり、どろりとした水面に白い固まりができている。港の岸壁から、わたしたちは鋭角の山容を仰いだ。村の名前にもなったピラミッド山である。

この山も氷河に削られてできたが、見る角度によって四角錐になる。エジプトのクフ王のピラミッドのように、尖った山頂から岩盤の層が階段状に風化している。山すそへ広がる堆積物に隠され、ピラミッドが埋まっているかに錯覚してしまう。

しかも内部の奥深くまで坑道が掘りめぐらされ、まるで古代の墳墓であった。

リューバがいった。

「さてと。どこから見学したい？」

「そうね、学校かな。それから、文化ホールはまだある？」

「残っているわよ」

といって、リューバが片目をつぶってウィンクした。わたしは、ライフル銃に弾が装塡(そうてん)してあるのを確かめた。もしこれを使うとしても威嚇するだけで、動物を撃ったりはしない。高輝度のＬＥＤライトを灯し、足もとを照らしながら歩きはじめた。

午後二時をすぎて、すっかり暗くなっていた。毛皮の帽子のうえにダウンコートのフードをかぶって、しっかり防寒した。ほの白い闇の向こうに、かつて村のまんなかにあった広場が見えた。そこを囲んで、廃墟になった建物が整然と並んでいる。

リューバが、石柱の上の赤い花崗岩のモニュメントをライトで照らした。

「レーニンお爺さんじゃない。あなたは、まだここにいたの」

と、言葉が口をついて出た。ロシア革命を指導したレーニンの頭像だ。ソ連の少年少女組織ピオネールの表彰式は、いつもこの像の前で行われた。特設ステージに並んで、赤いスカーフを巻いてもらうのがなにより誇らしかった。

胸の鼓動が早くなった。わたしが過去を捨て去ったとしても、過去はわたしを捨てていない。長く封じこめた記憶が、いまここで息を吹き返す気がしていた。

リューバはまったく屈託がなかった。

「ルチアはいつも優等生だった。わたしなんかロシア人なのに、恥ずかしかったわよ」

「それは、わたしがウクライナ人だからがんばったの」

またひとつ、嫌な過去を思い出した。レーニン像の左手に学校がある。生徒の半分がロシア人、残り半分がウクライナや少数民族だった。授業でも、私語さえも、ロシア語しか許されなかった。ソ連こそが平等な国だと、先生は教えていたのに。

それに、この村では、学校のなかでもＫＧＢが見張っていた。先生も生徒も、西側の文化の影響を受けていないか監視された。もし問題でも起こせば、

「やっぱり、ウクライナ人は怠けものでだらしない」

という、まったくいわれないロシアの偏見がまかりとおる。だから、わたしは努力した。

共産主義の優等生を演じたのは、ウクライナの社会も、わたしも同じだ。ほんとうをいえば、ソ連のイデオロギーも、ロシアを美化する歴史もうさんくさかった。ぼんやりした不信感に確かな根拠を与えたのが、ノルウェーで知った情報と高等教育だった。

「ねえ、文化ホールへ行ってみましょうよ。地球で最北のコンサートがあったんだから」

この村でもっとも大きな建物が、音楽や映画を鑑賞するホールだった。ガラス張りのモダンな外観だったのが、ずいぶん古びて見える。なかに入ると、真紅の布を張った客席やステージは意外なほどきれいだ。壁の板材も朽ちてはいなかった。

「どう、むかしのままでしょう。ここが極地だから、虫がつかず腐りにくい。あなたが研究している植物の種と同じで、寒さに守られるらしい」

「驚くわ。リューバは、これを世界の人に見せたいわけね」

「そうなの。どう受けとめるかは、その人たちの考えに任せる」

文化ホールの並びにあったスポーツセンターものぞいてみた。入口には、モスクワオリンピックの五輪マークが掲げられたままだ。そこには、これも地球最北の温水プールがあった。

「水を張れば、いまだって泳げるのよ」

リューバは、いつかファンドを募って北極のプールを目玉にするつもりでいる。

すっかりあたりは暗闇になった。あと数日もすれば、スバールバル群島のすべてで太陽が失われ、極夜がはじまる。わたしたちは、ヘリが待機する港へ向かって戻った。

ふたりのパイロットは外へ出て、機体に背をもたれて煙草を吸っている。わたしたちに気づくと、ピラミッド山のほうを指さした。わたしは、ふり返って見た。

「オーロラよ！」

思わず息をのんだ。南の天に、緑色に揺れる巨大なカーテンが立ちあがっている。大きく横へ広がって、消えてはよみがえり、よみがえってはまた消える。幅は数千キロにもおよぶのであろう。宇宙によって与えられた、不滅の生命を見る心地がしていた。

ピラミッド山は、オーロラの発光に照らされている。これまでの人生で、わたしたちが一番つらかった記憶までが息を吹き返した。リューバに聞いた。

「ねえ、あなたも忘れられないでしょう？」

彼女は、黙ってうなずいている。

あれは、一九九一年の夏、白夜のできごとだった——

村のサイレンが低くウォーンと鳴り響いた。なにか事故のあった合図だから、わたしの家族は震えあがった。そのころ、父がピラミッド山の坑道に入っているはずだった。みんなが広場に集まった。わたしは、親友のリューバに気づいた。

「リューバ、あなたのお父さんは？」

「炭鉱にいるのよ。無事かどうか、だれも教えてくれないの」

「わたしの父も、まだ戻ってないわ」

わたしたちの父は、いつも同じグループで作業していた。わたしとリューバの家族は、港のそばに建つ炭鉱公社の事務所で長く待たされた。坑道の奥で炭鉱火災が起きていた。坑口から黒煙が吹き出し、労働者の救助が遅れていた。

強くてたくましい父だから、いつものように笑顔で帰るに違いない。石炭の粉じんでまっ黒になった太い腕で、わたしを抱きあげてくれるだろうと、信じて疑わなかった。

その日の夜遅く、ようやく山の中腹から港まで敷設されたトロッコが動いた。その車両に、坑内で倒れた労働者が積まれて山からおろされた。息があれば病院へ担ぎこまれ、さもなければスポーツセンターの体育館に運ばれた。

やがて、わたしとリューバの父が、一緒にトロッコに乗せられてきた。

「お父さん！」

わたしたちは、父親のぶ厚い胸にすがりついて泣いた。母たちは取り乱して叫んだ。

「なんで助けてくれなかったの。夫の命を返してちょうだい」

わたしたちの父はどちらも、こと切れていた。公社の事務所の人は、

「ふたりのうち、どちらかが逃げ遅れたようです。おたがいに肩を組むようにして、光のさす坑口のほうへ顔を向けて倒れていました。あと少しだったのですが……」

と、気の毒そうにいった。

ひとつになって働いた父たち。友をかばい、助けようとして命を失った父たち。遺体安置所へ運ばれた父の拳は固く握られたまま、まるで黒曜石のように輝いていた——

わたしとリューバを乗せたヘリは、オーロラの方角へ向かってふたたび離陸した。丸い窓ごしにピラミッド山に別れを告げると、天からふる光がふたりの顔をほの白く照らした。

ロングイヤービエンに戻って、留守番をしていたナージャとみんなで夕食を囲んだ。リューバは、この町のラディソンホテルに一泊して明日の朝には帰るという。ようやくスマートフォンがＷｉＦｉ（ワイファイ）につながったところで、ユーリイのメッセージが届いた。

〝ウクライナを取材したジャーナリストと会わないか？〟

わたしはすぐに電話で折り返した。ユーリイによれば、そのジャーナリストは、戦争から逃れるウクライナとロシアの人々を取材している。リューバも関心がありそうなので、今夜、ホテルのラウンジで一緒に会う約束をした。

丘の上に建つ三角屋根のホテルへ、わたしの運転する車で向かった。ユーリイたちは、先に待っていた。ユーリイが手をあげ、ソファに座っている人物が立ちあがった。すらっと背の高い壮年の男性である。

「初めまして。レナート・ベステルンドです」

と、軽く胸に手をあてるしぐさをした。

レナートは、スウェーデンの報道写真家だ。駆け出しのころにアフガニスタンで撮影した一枚の写真がきっかけで、戦争の罪咎（つみとが）を伝えつづけている。この春からは、ウクライナを襲った悲劇をつぶさに見ていた。ユーリイとは、二十年のつきあいだった。

ラウンジのまんなかには、北欧デザインのガラス張りの暖炉がしつらえられ、白樺の薪がくべてある。リレハンメルオリンピックに使われた施設が、最果てのホテルに生まれ変わっていた。静かな音楽が流れるほかに、薪のはぜる小さな音しか聞こえない。

　わたしたちは、緑のベルベット生地のチェアに腰をおろし、丸いテーブルの上に灯された蝋燭（ろうそく）の炎を囲んだ。レナートとリューバはアクアビットを頼み、わたしとユーリイは炭酸水を注いでもらった。でも、乾杯する気分にはなれない。

　レナートは、わたしたちの間あいを計りかねている。ユーリイとは気心が知れても、リューバはロシアから移り住んだばかりだし、わたしはウクライナ人だから。

　ふっと耳のところに指を立てて、

「このサックスは、ノルウェーのガルバレクだったね？」

と、ユーリイに水を向けた。ソ連のころ敵性音楽のジャズに耽溺（たんでき）したユーリイは、ペテルブルクのアンダーグラウンド・バーで働いていた。

「そう、不思議な曲だろう？」

　ローマカトリック教会のグレゴリオ聖歌の単旋律に、ソプラノ・サクソフォンの音が溶けて歌うかに聞こえる。オスロ出身のジャズ奏者ヤン・ガルバレクの音楽は、ノルウェー人の自然観と同じで、独立を愛し、自由で透明だった。

「極夜にさす光の揺らぎ。目には見えないけれど」

と、レナートがいった。だが、ユーリイには、別の音色に聞こえるらしかった。

「ガルバレクの父はポーランド人で、ナチスの捕虜（ほりょ）だった。その悪夢にうなされる声が、彼の記憶に深く刻まれていて、サックスの旋律になったともいう」

静かに流れているジャズが、わたしにも違ったものとして聞こえた。

「ねえ、レナート。ウクライナでなにがあったか教えて」

レナートは祈る姿勢のように、前かがみになって手を組んだ。声を抑えて話しはじめた。

「ぼくが見たなかでも悲惨だったのが、マリウポリだ」

「マリウポリが攻撃されたとき、こちらでも大きく報道されたわ」

「なら、ジェノサイド[46]を知っているね。病院への攻撃が、不気味な前兆だった」

「どういうこと？」

リューバが、いぶかしげな顔をした。

「ロシア軍が小児産科を狙って空爆し、お腹の大きな妊婦や、生まれたばかりの赤ん坊、それに病気の女の子も殺されたんだ」

「うそよ！　ロシアは、ウクライナのファシストと戦っているの」

感情的になってリューバが反論しても、レナートは冷静だ。

「きみにとって大切なのは、プロパガンダか？　それとも事実だろうか？」

わたしは、いたたまれない気持ちで聞いた。

「その兆しのあとに、なにが起きたの」

「つぎは劇場だよ。千数百人の市民が避難していた。空からはっきりわかるよう、外の広場にロシア語で〝ディエーチ（子どもたち）〟と白く大きく描いてあった」

「それで……」

「爆撃で殺された人、爆発の火災に閉じこめられた人。まさに虐殺だった」

「うそでしょう」

「いや。学校も、ショッピングモールもやられた。とどめがアゾフスタリ製鉄所だった。ここにはシェルターがあったから、市民も、国を守る兵士にも最後の逃れ場だった」

リューバは動揺している。

ユーリイがいった。

「その製鉄所なら、第二次世界大戦のときにも攻撃されたはずだ」

「知っているわ。マリウポリには、この島の石炭が送られていたのよ」

ウクライナは、つねに独裁者の戦争の通路だった。ナポレオン、ヒトラー、スターリン、そしてプーチンだ。プーチンがウクライナを狙うのは、その国境の西に強力な敵がいるからである。わたしがこれまでに受けた、ふたつのまったく違う教育を思っていた。

ソ連の学校では〝ウクライナはロシアによって解放された〟と習った。ノルウェーでは〝ウクライナは、ドイツとロシアの戦争の犠牲になった〟と教えられた。いまなら、どちらが真実なのかがよくわかる。

ユーリイは、ロシアの悲劇を話した。

「ロシアでも、劇場や学校が襲われたテロがあった。チェチェン戦争のときだ。プーチンのやり方はひどく、テロリストの報復も残忍だった。ミュージカルや入学式が狙われて、たくさんの子どもが犠牲になったんだ」

「マリウポリのできごとは、国家のテロリズムだよ。戦争犯罪にあたる。それに、製鉄所を攻撃していたのはロシア軍だけじゃなく、チェチェンの兵士もいた」

「なんだって、ほんとうか？」

「ああ。おそらく、プーチンの側に寝返ったチェチェン人だろう。〝マゴメドフ〟と刻まれたＩＤタグを首にぶらさげた、狙撃手の遺体があったよ。顔つきはコーカサス人だった」

大きなため息をついて、ユーリイがうなだれた。

「ロシアもチェチェンも、自分たちが受けた傷を忘れたのか」

「愚かなのは、ほかの国でも同じじゃないか。ぼくは、アフガニスタン、イラク、シリアの戦争でも取材した。どれも正義の戦いといわれたけれど、真実はどうだ。イラクでは大義が失われ、アフガンではテロ組織と和平を結んだじゃないか」

レナートは、まるで自分自身に怒りをぶつけているように見えた。

リューバが沈黙を破った。

「わたしだけが、真実を知らなかったの？」

ユーリイがいった。

「ほかにも、知らされていない歴史があると思う。マリウポリを飢餓(きが)状態にしたのは、スターリンのホロドモール[47]のときと同じだ。ロシアでは、まったく語られていないけど」

「いいえ。ロシアだけじゃないわ。どこでも、真実は隠されているのよ」

わたしは、思わず口にしていた。

レナートがうなずいている。アクアビットのグラスを飲み干し、

「真実を知ったからといって、幸せになるわけじゃない。むしろ逆かもしれないな」

と、ユーリイにいった。わたしたちのうちで、もっとも苦しめられたのは彼だったから。

肩を落としたユーリイが、リトアニアで暮らす妻子の近況を話した。

「じつは、二十歳の息子が徴兵訓練を終えて、そのまま兵役に就くといい張っている。ロシアとの戦争に備える、とね。ぼくはいったい、どうすればいい？」

ユーリイの息子はロシア国籍を捨て、母と同じリトアニア国籍を選んでいた。いまは、ウクライナの抗戦を支える活動に打ちこんでいる。リトアニアでも、ウクライナと同じ流血の惨事があった歴史を知って、ロシアへの敵意に駆られていた。

プーチンを激しく批判するユーリイだが、国を思う心があればこそだ。最愛の息子にそれが伝わらないもどかしさに、ずっと悩んでいた。

わたしは、広いガラス窓の外に広がる闇に目をそらした。

「ねえ、ユーラ。悪について考えたことある？　この島に生まれ育ったせいか、悪魔が暗黒のなかにいるとは思えないのよ。戦争はいつも、明るい世界で起きていたから」

レナートにひらめきがあった。

「そうだ。明けの明星が天から墜ちて、やがて悪魔になったといわれる。その悪魔は、人間を幻想のなかに閉じこめ、分裂させて、争わせるんだよ」

「世界を動かす歯車がどこかでずれて、そのまま回っているようだ」

ユーリイが、じれったそうにいった。

それから――

薄明はすっかり漆黒の闇に溶けて、冬至を迎えていた。

太陽は地球の裏側に移ろい、北極圏は完全な極夜になった。時計がカチカチ音を刻まなければ、すべてとまった感覚になる。禅を思わせる静けさが、瞑想的な気分にしてくれる。

わたしは、いつもの年よりも早く、娘のナージャとクリスマスツリーを飾りつけた。ウクライナ正教では、ロシアと同じユリウス暦のクリスマスを一月七日に祝うが、今年から十二月二十五日に変えてもよいと布告された。祭日まで、ロシアとの決別であった。

バレンツブルクのリューバが、息子のミールを連れて遊びにくることになった。ナージャをミールに会わせるという、わたしとの約束を忘れていなかった。

ふたりの子どもは、なんの屈託もなしに打ち解けた。ナージャは、ノルウェーのマリア・パルの絵本のなかから自分で選んで、ミールにプレゼントした。ミールは、母親と一緒に手作りした白い鳩のチョコレートクッキーをさし出して、

「これを、ツリーにぶらさげよう」

といった。ふたりは踏み台にあがって、枝先にひとつずつ結びつけた。

「まあ。平和のシンボルが、たくさん木にとまったわね」

わたしとリューバは、顔を見あわせてほほ笑んだ。

「みんなで平和を祈りましょうよ」

リューバがいった。前と違って、ふたりの間のなにかが変化していた。

楽しい食事が終わって、子どもたちは暖炉の前に座っている。フロアスタンドの読書灯をつけて、ソファにもたれて一緒に絵本を読みはじめた。おたがいに母親になって、親友の子どもとすごせる時間をゆっくり味わった。

リューバは、おだやかな表情になっていた。

「ねえ、ルチア。歴史や世界をわたしが知らなかっただけで、あなたはわかっていたのね。ピラミデンの学校のころから。わたし、きっと傲慢だったわね？」

「あのころは、そういうものと思っていた。ウクライナとロシアには目に見えない壁があったし、ソ連とほかの世界の間には鉄のカーテンがおりていたでしょう。いろんな壁が、みんなを隔てていたのよ」

「でも、それはもうないはずよね」

「いいえ。いったん壁ができると、自分でどうにかしないかぎり残ったままなの」

リューバの表情が曇っている。

「わたしたちの国は、いったいどうなるのかしら……」

「この世界を苦しめるのは戦争だけじゃない。パンデミックでどれだけの人が亡くなったか、あなた知ってる？ 公表されるよりずっと多くて、実際は千五百万人を超えるそうよ」

「想像できない数ね」

「いいえ、想像するのよ。わずか二年で、第二次世界大戦のソ連の戦死者より多いの。わたしたち、もっと早く気づくべきだった。そのうえ、戦争までやれるはずない」

「そうか、パンデミックが警告していたんだわ。助けあわなければ、滅びるって」

わたしは、リューバの目をしっかり見てうなずいた。

「わたしたちは、ともに生きて、ともにこの星で死ぬのよ。殺しあうんじゃないの」

「でもロシア人とウクライナ人に、それができる？」

わたしには確信があった。必ず、できるはずだと――

「リューバ。あなたのお父さんと、わたしの父は、ピラミッド山の坑道のなかで肩を組んで倒れていたでしょう。覚えている？」

「忘れるはずないわ。光のさすほうへ、おたがいの顔を向けて」

「そう。だから、わたしたちにもきっとできるのよ」

ナージャとミールは、絵本を読みながら眠ってしまった。暖炉の炎がオーロラの色に揺らいで、ふたりのほおに光を映している。どの国の人にも平和な共存が守られる島で、まるでノアの箱舟に乗っているようだ。このまま育ってくれたら……。

この子たちの時代がくるときに、新しい天と、新しい地がきっと創造されるであろう。

「ルチアは、夢のようなことをいうのね。でも、わたし信じるわ」

あとがき

戦争やテロのさなかにある人は、どうやって生きる希望をつなぐのか。死と隣りあわせの土地を数多くめぐった。混乱と、恐怖と絶望の果てに、それでも人は生きてゆく。すべて失った瞬間に浮かぶ表情が、記憶の淵に沈殿(ちんでん)した。

ジャーナリストとは、やっかいな職業だった——

数百人の捕虜が殺害されたマザリシャリフ、ミサイルが病院を破壊したバグダッド、ブルドーザーに押しつぶされた廃墟のガザ、テロ事件の人質が目の前で死んだコーカサス、それにモスクワ……。そのたびに底なしに暗く、音を立てて渦巻く濁流に入った。

泥の底でもがき苦しむ人ともみくちゃになって、息が切れる寸前に水面へ浮上する。そうやって何度も、歴史に刻まれる時代を記録した。わずかな息継ぎの間に、わたしたちはこの闇を操る力に悪態をつき、憤る。そして、静寂(せいじゃく)にとらわれた。

死は闇を裏づける事実であって、命こそ闇に生きる人間の真実だ。その瞬間を生き抜こうとする人々は神聖で、語るのさえ憚(はばか)られた。言葉にならない記憶を、心のうちにしまった。

ずっと引き出しに入ったままの記憶が、いつか別の形をしたひそやかな結晶になった。それを物語に仕立てたとき、書棚の奥で四十年間も眠っていた本に、ふと気づいた。シュテファン・ツヴァイクの『人類の星の時間』だった。

ナポレオン、ゲーテ、トルストイやレーニンなど、ひとつの時代を動かす偉業をなし遂げた人物を描く歴史文学だ。星の時間を、原典のドイツ語では「シュテルン シュトゥンデ」という。この星は、運命にもたとえられる。ツヴァイク自身は、

「無数の人間が存在してこそ、ひとりの天才が現れ出るのであり、無数の歴史の時間が流れ去るからこそ、いつかほんとうに歴史的な、人類の星の時間というべきひとときが現れ出る」

（同書序文、一九六一年・みすず書房）

と記していた。

学生のころに読んで心動かされた作品だから、時代をめぐる同じ記憶の引き出しにあったのだろう。けれど、わたしにとっての星の時間は、善であれ悪であれ、ツヴァイクのいう天才が導く歴史的な瞬間からこぼれ落ちる、一滴の名もなき人々のものだった。

この本に収めた短編の舞台は、すべて自分の足で歩いた。二〇一六年に書きあげ、いくつかをばらばらに発表したが、これで結晶の粒がひとつにまとまった。ただ、表題作の『漆黒のピラミッド』だけは、最後のひと粒として書きおろしている。

前作『放下（ほうげ） 小説 佐橋（さはし）ノ荘（しょう）』につづき、新潟日報メディアネットのご尽力のおかげで上梓（じょうし）できた。編集者で同社出版部長の佐藤大輔さん、ブックデザイナーの梨本優子さん、故郷柏崎市の小田印刷の小田修市さんとスタッフのみなさん、ありがとうございました。

二〇二三年二月、ロシアのウクライナ侵攻から一年たつ日に

横村　出

著者紹介

横村 出（よこむら いずる）

1962年、新潟県柏崎市生まれ。早稲田大学政治経済学部卒・大学院政治学研究科修了。新聞社の外報部からロシアへ留学し、モスクワ特派員になる。ロシア東欧、中央アジア、中東アフリカでの紛争や革命を取材した。本作『漆黒のピラミッド 世界をめぐる十の短編』は、作家が自らの足で歩いた現代世界の点描を短編小説にしている。戦国大名毛利氏の前史を描く歴史小説『放下 小説 佐橋ノ荘』(新潟日報事業社) のほか、ロシアの戦争の闇を記録したルポルタージュ『チェチェンの呪縛』(岩波書店) がある。

漆黒（しっこく）のピラミッド　世界（せかい）をめぐる十（とお）の短編（たんぺん）

2023（令和５）年５月４日　初版第１刷発行

著　　者	横村　出
発 行 者	中川　史隆
発 行 所	新潟日報メディアネット 【出版グループ】 〒950-1125 新潟市西区流通３丁目１番１号 TEL 025-383-8020　FAX 025-383-8028 https://www.niigata-mn.co.jp
印刷・製本	株式会社　小田
デ ザ イ ン	梨本　優子

定価はカバーに表示してあります。
落丁・乱丁本は送料小社負担にてお取り替えいたします。
ISBN978-4-86132-829-9

注　釈

[1] **KGB**　Комитет Государственной Безопасности（国家保安委員会）の頭文字。ソ連の治安・諜報機関で、反革命を取り締まる秘密警察ЧК（チェカー）がルーツ。1991年のソ連崩壊まで、社会の粛清や弾圧、国際的なスパイ活動を行った。後身は現在のFSB（ロシア連邦保安庁）。

[2] **ウラジーミル・レーニン**（1870-1924）　ロシアの革命家、ソ連の建国の父。1917年のロシア革命を指導し、ロシア帝国のロマノフ王朝を崩壊させた。初の社会主義国家となるソ連を樹立し、終生その最高位にあった。没後に絶対化されたマルクス・レーニン主義は、ソ連崩壊までに破綻した。

[3] **ニコライ・ゴーゴリ**（1809-1852）　現在のウクライナ出身の小説家。サンクトペテルブルクで執筆活動をはじめ、『狂人日記』『ネフスキー大通り』などを書く。ロシアの現実と理想を描く『死せる魂』は未完に終わった。ドストエフスキーやブルガーコフらに影響を与えた。

[4] **ヨシフ・スターリン**（1878-1953）　現在のジョージア出身の革命家、レーニンの後継者。反対派への〝大粛清〟を実行し、200万人もの国民や外国人が犠牲になった。独ソ戦の勝利で東欧へ勢力を拡大し、冷戦では米国・西欧と対峙した。死後、後任のフルシチョフに批判された。

[5] **アンナ・アフマートワ**（1889-1966）　現在のウクライナ生まれの詩人。サンクトペテルブルクで育ち、詩人グミリョフと結婚する。〝銀の時代〟と呼ばれるロシア文学の潮流を築いた。長い沈黙と監視を強いられ、詩集『レクイエム』が解禁されたのは死後の1987年だった。

[6] **Реквием**　Анна Ахматова, Стихотворения, Москва, Художественная Литература, п198-208, 1995

[7] **ニコライⅠ世**（1796-1855）　ロシア帝国ロマノフ朝の第11代皇帝。自由主義的な青年貴族デカブリストを鎮圧し、専制政治を敷いた。ロシアの版図拡大と南下政策のためポーランドを従属させ、クリミア戦争やオスマン帝国との露土戦争をはじめ中東アジアにまで干渉した。

[8] **Реквием**　Анна Ахматова, Стихотворения, Москва, Художественная Литература, п195-196, 1995

[9] **アフガニスタン戦争**（2001-2021）　米同時多発テロへの報復とタリバン政権・国際テロ組織アルカイダを壊滅するため、米軍とNATO（北大西洋条約

機構）を主力にする多国籍軍が侵攻した。米国史上最長の戦争は、最後まで残った米軍の撤退とタリバン政権の復活で終結した。
[10] **クシシュ**（1931-1969） ポーランドのジャズ作曲家・ピアニスト。本名はクシシュトフ・トルチンスキ。コメダのステージネームで活動し、『水の中のナイフ』『ローズマリーの赤ちゃん』などの映画音楽でも知られる。北欧はじめヨーロッパのモダンジャズに影響を与えた。
[11] **シオニズム** 聖地エルサレムへ帰還し、ユダヤ人国家を樹立する運動。19世紀のロシア帝国によるユダヤ人迫害（ポグロム）などで、欧州からユダヤ人が逃れる機運が高まった。英国を後ろ盾にパレスチナへの入植が進み、ナチスドイツの弾圧がシオニズムに拍車をかけた。
[12] **幻想即興曲** 即興曲第4番嬰ハ短調作品66。ショパンはこの作品を発表するつもりがなかったが、死後に友人ユリアン・フォンタナによって公表された。ショパンの代表曲のひとつ。
[13] **革命のエチュード** 練習曲ハ短調作品10-12。ポーランドの青年士官らが1830年に起こした〝11月蜂起〟の時期に書かれた。ロシアとの戦争の結果、ポーランドの自由は回復されずに国土が蹂躙された。パリでその知らせを聞いたショパンの怒りと嘆きがこめられている。
[14] **英雄ポロネーズ** ポロネーズ第6番変イ長調作品53。簡潔で力強い主題が繰り返される構成は、親交のあった画家ドラクロワの影響といわれる。副題の〝英雄〟は、パリのショパンを支えた作家ジョルジュ・サンドら、フランス革命の信奉者たちが名づけたという説がある。
[15] **インティファーダ** パレスチナ分割とイスラエル建国を淵源とするパレスチナ人の抵抗運動。1987年、ガザでの蜂起が占領地の騒乱に発展し、武力鎮圧された。1993年にオスロ和平合意が結ばれるが、2000年にはイスラエル右派の聖地立ち入りを契機に紛争が再燃した。
[16] **エドワード・サイード**（1935-2003） エルサレム生まれのパレスチナ人思想家。米国で教育を受け、コロンビア大学の教壇に立つ。友人のバレンボイムと中東の若い音楽家を育てた。
[17] **ダニエル・バレンボイム**（1942-） イスラエル国籍のピアニスト・指揮者。ベルリンフィル名誉指揮者・ベルリン国立歌劇場の前音楽監督。イスラエルの占領政策を批判し、イスラエル・アラブ混成の演奏家による〝ウェスト=イースタン・ディヴァン管弦楽団〟を設立している。
[18] **バビロン捕囚** 紀元前6世紀ごろ、古代イスラエルのユダ王国が新バビロ

ニアに攻められ、ユダヤ人が今のイラク周辺へ連行されたできごと。エルサレムの神殿は破壊され、アケメネス朝ペルシアの王によって解放されるまで約60年間、捕虜としてとらわれ故国へ帰還できなかった。

[19] **ウィーン体制**（1815-1848）　ナポレオン1世の失脚後、オーストリアやイギリス、フランスなどが主導するウィーン会議で復活した支配体制。列強が締結した議定書に基づき、守旧的な政治と勢力均衡が重視され、自由主義や独立を求めるナショナリズム運動が弾圧された。

[20] **ショパンの墓碑銘**　マタイによる福音書6-21、聖書協会共同訳、日本聖書協会、2018年

[21] **米同時多発テロ（9.11）事件**　2001年9月11日、ニューヨークのワールドトレードセンターと、米国防総省などを標的に国際テロ組織アルカイダが起こし、2977人が死亡した。

[22] **ヘロデ王**（紀元前73-4）　ローマ帝国に従属しユダヤを統治した王。強大な権力を握って恐怖政治を敷き、エルサレム神殿の大改修をした。聖書には、ユダヤ人の王の生誕を怖れたヘロデが、東方の博士をベツレヘムに派遣し、そのあと2歳以下の男児を虐殺した記述がある。

[23] **ホロコースト**　第2次世界大戦でナチス・ドイツがユダヤ人に対し計画的に行った大量殺戮。ギリシャ語の〝燔祭（焼いたいけにえ）〟が語源になった。国内と占領地のユダヤ人をゲットーへ移送、さらに絶滅収容所などで殺害した。犠牲になったユダヤ人は推計600万人とされる。

[24] **リヒャルト・ワーグナー**（1813-1883）　ドイツの音楽家。ロマン派歌劇の名作を残す。代表作に『ニーベルングの指環』などがある。ワーグナーに心酔したヒトラーがナチスのプロパガンダに利用したことから、イスラエルではワーグナーの楽曲が公に演奏されるのは希である。

[25] **悲歌のシンフォニー**　ポーランド『オポーレ地方の民謡』より。ヘンリク・ミコワイ・グレツキ、交響曲第3番作品36第3楽章。

[26] **悲歌のシンフォニー**　15世紀の聖十字架修道院の『悲歌』より。ヘンリク・ミコワイ・グレツキ、交響曲第3番作品36第1楽章。

[27] **アパルトヘイト**　アフリカーンス語で〝隔離〟を意味する。白人政権によって20世紀初頭から法制化が進み、居住、労働、結婚、教育などあらゆる社会分野で有色人種を分離した。1994年に人種隔離政策が撤廃されるまで、南アフリカは国際社会の制裁を受けて孤立した。

[28] **ネルソン・マンデラ**（1918-2013）　南アフリカの政治家。アフリカ民族

会議に参加し、反アパルトヘイト闘争をはじめた。国家反逆罪で終身刑の判決を受け、黒人解放の象徴となる。釈放後の1994年、初の全人種選挙が行われて大統領に選ばれ、アパルトヘイトを終わらせた。

[29] **ソウェト蜂起**　1976年6月16日、ヨハネスブルグ郊外のソウェトで黒人学生のデモに治安部隊が発砲、13歳のヘクター・ピーターソンら児童が殺された。数万人が蜂起し、政府の武力鎮圧によって子ども176人を含む多数が死亡。アパルトヘイトが世界に知られるきっかけになった。

[30] **スティーブ・ビコ**（1946-1977）　社会活動家・医師。ケープ州に生まれ、ナタール大学在学中から反アパルトヘイト運動に加わった。暴力的な闘争と一線を画し、黒人の誇りと意識を高めるため医療・福祉や教育に尽くした。警察の拷問による脳挫傷のため、30歳で死亡した。

[31] **モスクワ劇場テロ**　2002年10月23日、モスクワのドブロフカ劇場をチェチェン過激派が占拠し、観客・出演者ら約900人を人質にした事件。ロシア連邦保安庁（FSB）特殊部隊が解放作戦に使ったガスで人質約130人が死亡した。

[32] **チェチェン共和国**　カスピ海と黒海の間の回廊地帯にあり、イスラム圏に属する。人口約110万人。1990年にソ連から独立を宣言、ロシアの侵攻によって2度のチェチェン戦争（1994-96・1999-2009）が起き、約20万人が死亡した。現在は、親ロシア派のカディロフが政権を握る。

[33] **FSB**　Федеральная Служба Безопасности Российской Федерации（ロシア連邦保安庁）の頭文字。ソ連のKGBの後身機関。諜報、対テロ、武器開発、情報操作などを担い、特殊部隊を保有する。各国の大使館に支局を置き、内外に30万人超の職員や協力者がいるとされる。

[34] **ウラジーミル・プーチン**（1952-）　サンクトペテルブルク国立大学卒、東ドイツなどでKGBの諜報に従事。ソ連崩壊後、FSB長官や首相を歴任し大統領に就任した。権威主義的な強権政治が特徴で、第1次政権（2000-08）でチェチェン戦争、第2次政権（2012-）ではウクライナ戦争を起こした。

[35] **USSR**　Союз Советских Социалистических Республик（ソビエト社会主義共和国連邦）の頭文字。ロシア共和国を中心とする連邦で、ソ連共産党が中央集権支配を敷いた。冷戦時代には東側陣営の盟主として米国と対峙した。1991年に崩壊。

[36] **上海事変**　1932年と1937年に起きた日本軍と中国の国民政府軍との軍事衝突。1931年の満州事変と同様に軍部の謀略に端を発し、抗日運動の激化と国際孤立を招いた。日中戦争を拡大させ、国際連盟脱退や全体主義化、対日

包囲の形成で太平洋戦争突入の契機になった。

[37] **香港返還**　英国と清朝とのアヘン戦争（1840-1842）の結果、香港島と九龍半島が英国へ割譲された。太平洋戦争中に日本軍が占領し、戦後の英中交渉で1997年に主権が返還された。50年間は政治経済のしくみを維持する〝一国二制度〟を採るが、中国による自治の制限が進んでいる。

[38] **天安門事件**　1989年6月4日、北京の天安門広場で起きた弾圧事件。改革派の政治家を追悼するため集まった市民らが民主化を要求し、軍の武力鎮圧によって多数が犠牲になった。

[39] **潜伏キリシタン**　江戸幕府のキリスト教禁令下で、約260年にわたってひそかに信仰を継承した信者をいう。長崎と天草地方に残る関連遺産は、ユネスコ世界文化遺産に登録された。

[40] **東日本大震災**　2011年3月11日に発生した、宮城県沖を震源とするM9.0の国内観測史上最大の地震。最大遡上高40メートルの津波が発生した。死者15900人、震災関連死3789人、行方不明者2523人（2023年2月現在）。福島第1原発では原子炉を冷却できずに炉心溶融と水素爆発が起きた。最も深刻なレベル7の原子力災害に認定された。

[41] **原子爆弾**　1945年8月6日、米軍の原子爆弾によって広島が攻撃され、8月9日には長崎が攻撃された。第2次世界大戦中に進められたマンハッタン計画で開発され、広島で約140000人、長崎で約73000人が死亡した。日本の大本営は、当初〝新型爆弾〟と報道させた。

[42] **パンデミック**　新型コロナウイルス感染症（Covid-19）によって、2020年から感染流行が世界に広まった。世界保健機関（WHO）の集計では、感染者7億5000万人、死者680万人（2023年2月現在）。

[43] **スバールバル条約**　スバールバル群島について、ノルウェーの領有を認めながら主権を制限し、加盟国の国民に経済活動や居住の自由を保証、軍事目的に使用せず自然保護の義務を負うとした条約。現在、加盟国は45カ国、島内でロシアが炭鉱経営をするほか、極地研究や気象観測の国際拠点が建設されている。

[44] **ウクライナ戦争**　2004年のオレンジ革命、2014年のマイダン革命でウクライナの親ロシア派が打倒され、ロシアの干渉が露骨になった。ロシアはクリミア半島を併合し、親ロシア派の戦闘を援護した。2022年2月には、プーチン大統領がウクライナ南東部とキーウ近郊への軍事侵攻を命じた。

[45] **スバールバル世界種子貯蔵庫**　デンマークの植物学者が提唱し、ビル・ゲ

イツ財団の出資でノルウェー政府が建設、国連食糧農業機関（FAO）などが運営する。永久凍土層内の施設はマイナス18-20度に保たれ、世界の約100カ国からおよそ80万種を保存している。
[46] **ジェノサイド**　民族や人種集団を計画的に抹殺する行為を意味する。ドイツの戦争犯罪を裁いたニュルンベルク国際軍事裁判で、ユダヤ人の強制隔離と虐殺の罪に対し公的に初めて使われた。1948年に国連でジェノサイド条約が採択され、国際法上の集団殺害罪を定めた。
[47] **ホロドモール**　1932年からウクライナで起きた大飢饉。ソ連が進めた計画農業の失敗と、ウクライナでの農民の粛清や食糧の収奪によって引き起こされた。スターリン飢餓と称される。